하늘이 준 휴가

하늘이 준 휴가

삶은 예술이다.
맛을 창조하는 예술이다.
놀이터를 창조하는 예술이다.
삶은
참으로 오묘한 예술이다.
진짜는 당신 곁에 머문다.

노위상 에세이

생각나눔

들어가는
글

마음 안에서 이미
새벽이 어둠을 품습니다.

마음 안에서 이미
행복이 불행을 품습니다.

그리고

마음 안에서 이미
사랑이 세상을 품습니다.

차례

❖ 들어가는 글 ······ 5

하늘이 준 휴가

아니, 형님,
어째 병실에 누워 계십니까?
걱정 끼쳐 미안하다.
아닙니다. 형님,
그동안 열심히 살아오신 형님한테
하늘이 휴가를 주신 겁니다.
좀 쉬어가며 살으시라고요.
삶을 돌아보며 인생 공부도 하시라고…
깨달으시고 다시 걸으시라고…
지금 이 순간은 형님의 삶에서 더없이
소중한 휴가 기간입니다.
좀 나으시면 자주 눕고 싶어도 일어나
움직이세요.
앉았을 때 누우면 죽고 걸으면 삽니다.
걸어야 살지 따로 있는 인생길
그런 거 없습니다.
힘내십시오. 형님

장 맛

예술은 어디에서 오는가
예술은 어디에서 찾는가
사람 사는 것이 예술이다.
절기에 맞추어 정성으로 콩 심어 가꾸고 거두어
말려서 메주 띄우려고 삶을 때 가마솥 콩물이
끓어 넘치면 장맛은 미묘하게도 예전과 다르다.
삶은 예술이다.
메주를 만들어 매달아 놓고 집안싸움을 하면
색은 곰팡이 균이 메주를 미쳐 버리게 한다.
가족 싸움이 심하면 장맛은 또 예전과 다르다.
"장맛이 변하면 집안이 망한다."라는 이유다.
삶은 예술이다.
맛을 창조하는 예술이다.
즐거운 놀이터를 창조하는 예술이다.
진짜는 당신 곁에 머문다.

봉숭아 물들다

이렇게 기분이 좋을 수가! 산골살이의 즐거움을 재가요양보호사로 일하는 제자에게 이야기를 들은 90세의 한 여인이 선물을 보내오며 프러포즈를 해왔다. 한참 어린 나에게 말이다. 자연과 대화하며 동화되어 사는 삶이 좋아서라며….

그 옛날 지하철에서 본 봉숭아 예쁘게 물들인 손톱을 살며시 감추며 수줍어하던 어느 할머니의 정갈함을 닮은 그런 여인이었으면 좋겠다.

사람은 아홉 층 구름 너머인가? 운이 섬광처럼 흐르기를 빌며 나를 미소 짓게 한 그 여인을 위하여 기도를 마쳤다. 세상은 우리가 상상도 안 해 본 일들이 무수히 일어난다.

봄바람이 분다. 매화꽃이 피어난다. 사람의 향기가 그립다. 욕심 안 부리고 베풀고 사는 재미있는 사람들이 그립다.

어찌하랴? 아름다운 여인이여.

집도 문도 숨은 듯이 사람도 숨은 듯 그리 살기에….

책 주인

제대한 옆집 총각에게 선물 주려고
책을 한 권 샀다.
그런데
노트북, 폰으로 보면 되니까 책은 필요 없단다.
책 한 권의 선물도 내 마음대로 안 될 줄을
책은 이미 알고 있었던 것이다.
"당신이 출근길에서 가끔 마주치는
인사성 밝은 그 아가씨가 책 주인이야."
책 주인이 된 그 아가씨는 지금 우리 집안 조카와
결혼식을 앞두고 있다.
독후감을 써 보내라고 하지도 않았는데 말이다.
책 주인이 따로 있듯이 책 한 권의
행복도 따로 있나 보다.
책 한 권의 인연을 다시금 새겨본다.
우리는 몰라도 책이 알고 있는 그 인연을 말이다.

달항아리 깨지다

심수관의 혼을 받들자고 떠들어 대던 그는 명품 달항아리를 만들어서 비싸게 팔아먹으려는 속셈을 감추고 내공이랍시고는 기술을 부추기며 순백색의 달항아리를 제작했다.

가마에 불을 붙였다. 사흘 밤낮 쏟아지는 잠을 참아내고 딴에는 괜찮은 작품을 건졌다. 손님들이 당 항아리를 꼼꼼하게 살펴보며 살 듯 살 듯하다가도 외면하고 돌아서기를 수십 차례다.

혼이 없으니 작품이 지독하게 안 팔린다. 그는 안다. 고온에서 가마 불꽃마저 하얗다가 요상스러웠음을 나도 안다. 누가 사가도 깨지고 없어질 달항아리라는 것을 가마는 벌써 알고 있었다.

시답잖은 물건임을,

불타는 그 분노를,

가마는 도공을 가르쳤다.

소신 위에 스스로 일어나라.

내공은 영혼의 뼈대다.

생활 속의 도공이 되라.

먹거리

무엇이 그리 아까운가?

아까운 마음으로 나누는 먹거리는 쓰레기다.

진정한 나눔으로 아낌없이 주는 마음은 우리를

삶의 수레바퀴 위에서 미소 짓게 한다.

선물도 마찬가지다.

여차하면 그 가치는 사라진다.

즐거운 나눔은 새로운 길의 이정표가 되어준다.

삶의 방향이

'나는 지금 재미없이 살아가는 여기에 있다.'에서

'나는 지금 재미있게 살아가는 거기에 간다.'로

완전히 바뀌기 때문이다.

세상에서 제일 중요한 것은 지금, 오늘을

뜻있고 보람되게 사는 일이다.

방세와 밥값

첫 젖은 아기 양식을 넘어 뼈와 잇몸을 튼튼하게 만드는 유전자의 위대한 생명수다. 소젖만 먹고 크면 짐승 습성이 몸에 밴다. 부모는 자식이 짐승 행동 하라고 키우지 않는다. 사람이 덜된 자식이 귀신보다 무섭다는 소리를 듣자고 키우지 않는다.

부모는 하늘이다. 눈에 보이는 하늘의 섬김을 두고 신부터 섬김은 가라지다. 부모를 알 때쯤 우리는 많은 것을 잃는다. 우리는 사는 동시에 죽어간다. 우황이 병든 소에서 나오고 병든 고래가 향수를 내어주듯 부모는 아파도 자식에게 온돌방이었다.

당신은 당신을 품어 온 엄마의 초특급 열 달 방세에 단 열흘 치라도 갚으며 살고 있는가? 인간의 도리를 다하고 있는가? 당신을 키워 낸 엄마의 젖 값, 그 무공해 단독식당의 밥값과 그 아늑했던 요람의 은혜에 효행으로 세상에 진 빚을 갚으며 지금 제대로 살고 있는가?

당신의 눈빛이 보고 싶다. 묻고 싶다. 간절한 눈빛으로.

물고기는 심심하다 (1)

"물고기는 심심하다. 연못에서 설렁설렁. 나도 심심하다. 방구석에서 시부적시부적, 시간은 잘도 간다. 또 하루가 간다. 물고기는 배를 채웠지만 나는 오늘 뭘 먹었지? 온종일 해놓은 것도 없이 밥만 죽냈다. 쓰레기만 있고 행복은 없다. 매일 먹어야 하는 밥과도 같은 행복을 놓치고 산다. 답답하다. 내가 불쌍하다. 울고 싶다." 사춘기의 일기장에서 덜 마른 자아가 흩어져 있었다. 천지도 모르고 나부대던 어린 시절에는 젊음이 영원한 줄 알았고, 노인은 원래부터 노인이었고, 엄마는 맛있는 음식 맛도 잘 모르고 아빠는 술맛밖에 모르는 줄 알았다. 그러다가 사춘기 때 크게 한 방 충격을 받았다.

여름날의 동구 밖 은행나무 그늘에서 장기와 화투 놀이로 막걸리 내기를 즐기던 7명의 노인 중에서 5명의 노인의 죽음을 가을 한철에 다 본 것이었다. 그리고 그 가을의 어느 날 아침에 깜짝 놀랐었다. 하루 전까지만 해도 온통 샛노란 아름다움으로 물들어 있던 은행잎이 단 하룻밤 사이에 깡그리 떨구어진 빈 가지는 또 무엇인가를 파고들게 했다. 그즈음에 불현듯 6살 때 엄마를 따라갔던 초막에서 만난 노인이 떠올랐다.

물고기는 심심하다 (2)

먹물 줄을 그은 대쪼가리로 점을 치는 노인이었다. 까맣게 잊고 살았던 그 할아버지가 10년이 넘어 내 가슴 속에서 살아나왔다.

"보거라. 이거 먹고 나중에 사람이 되거라. 뭐가 되라 하더노?"

"사람요."

"옳지, 사람이다. 사람이 되기를 이 할부지하고 약속하자. 주먹 꼭 쥐고 따라해 보거라."

"나는 커서 사람이 되 끼다."

무슨 말이지 모르겠고 홀딱 반한 눈앞의 바나나를 움켜쥐고 싶어서 꽉 쥔 두 주먹을 들어 올리며 또랑또랑하게 말했다.

"나는 커서 사람이 되 끼다."

할부지가 인자하게 웃으시며 고개를 끄덕이셨다. 참 이상한 할부지였다. 물안개 속 같은 할부지의 그림자가 사춘기 내내 나를 지배했다. 수도 없이 나의 내면을 훑어 내렸다. 혼란스러웠던 사춘기는 양지바른 사색의 잔디밭에서 후딱 지나갔다. 자아를 찾아서 깊숙이 진리를 찾아서 성인이 되어 그 할부지를 찾았지만, 행방은 묘연했다. 전설처럼 들리는 소문에 의하면 어둠 속에서도 벽면의 글을 줄줄 읽어 내리는 그분은 나면서부터 사물의 이치를 알고 사는 '생지안행'이셨다.

물고기는 심심하다 (3)

어린 시절 바나나와 먹물 묻은 대쪼가리로 기억되는 할부지의 감응으로 젊은 날의 내 영혼은 정처 없이 떠도는 바람이 되어 자성으로 흩어지고 자각으로 모이는 흙먼지를 일으켰다. 그 외로움 속에서 서서히 마음의 평화가 깃들고 있었다. 아련하게 가물거리는 할부지의 대쪼가리는 주역이었다.

주역은 심오했다. 머리가 돌아버릴 정도였다. 진리비길은 내 맘대로 사는 급한 길이 아니었다. 책으로 알 수 있는 길도 아니었다. 숨쉬고 살아 있을 때 수없이 나를 죽여서 일순간 생각 없이 깨달아야 할 혹독하지만 꼭 가야 할 사람의 길이었다. 긴 세월이 흐른 지금, 밤하늘에 별이 되어 반짝이는 성인이신 그분의 약속을 지켜 드려서 덜 부끄럽다.

사람이라면 누구나 세상의 한 모퉁이에서 자기의 꽃자리를 마련하는 능력은 타고난다. 나는 이제 더 이상 심심한 물고기가 아니다. 그냥 그대로 사람이어서 무지하게 행복하다.

올 것은 온다 (1)

노다 가세 노다나 가세 한세상 즐거이 노다나 가세. 물고기가 모이고 노는 곳이 있듯이 인간도 모이고 노는 곳이 있다. 인간이나 물고기나 끼리끼리 모여 놀기는 다 마찬가지다. 참새 콩새도 마찬가지다. 한데 인간은 모여 노는 장소에 따라서 독박에 피박을 덮어쓰기도 하고, 그 옆에서 게걸스레 침 흘리다가 말려들어 죽어나기도 하고, 어영부영 죽치다가 콱 잡아먹히기도 한다.

까꿍! 남이 노는 곳에 현혹되어 마구 들이대고 싶은 안달에 환장할 지경이라도 짧은 생각을 멈추고 과연 어울려 놀아도 괜찮은 곳인지 숨을 고르며 이마를 짚어보자. 집착의 강도만큼 버거움은 커진다. 우리는 미끼에 집착하다가 잡혀 죽고 마는 물고기가 아니지 않은가? 이로운 삶을 살려고 애쓰는 이념에 의해 움직이는 사람이 아닌가?

이념이 없는 물고기는 사고만 터진다. 누구나 뻔히 아는 사실이다. 우리가 알고 싶은 신도 사람을 위해 존재하므로 주인공은 사람이다.

올 것은 온다 (2)

　누구나 빤히 알아야 할 사실도 있다. 소유의 나눔과 베풂의 실천이 없는 주인은 보람도 가치도 없는 무의미한 삶을 부끄럽게 살다 갈 뿐이다. 끼리끼리 모여서 같은 목적으로 함께 일하는 단순하고 소박함 속에 사람의 길이 있다. 사람과 자연은 가슴으로 영접하면 인생은 성공이다. 개인의 욕망보다 세상에 협력하는 존재로 산다면 대자연의 기운인 신은 바르게 사는 사람에게 모든 기회를 준다.

　올 것이 온다. 사람이 어떻게 모이고 노느냐에 따라서 반드시 올 것은 오고 갈 것은 거듭해서 간다. 사람이여, 날마다 눈을 닦으며 찾아보자. 한세상 즐거이 놀다 갈 곳을.

보이는 게 다가 아니었다

　잠들 무렵, 무탈한 하루에 감사하며 어머니를 그려본다. 산비탈 밭고랑에 꿈을 색칠하며 살다 가신 어머니의 말씀이 야무지게 귀에 박여있다.

　"호미가 달아 묵어서 더는 못 쓰것다. 요번 장날에 새로 하나 사야것다.

　야야~이, 내 손가락이 쇠똥구리였으면 벌써 다 닳아 빠져서 진작에 몽당이 손이 됐을 끼다."

　나는 어른이 되어가면서 울꺽울꺽했다. 어머니의 굵어진 거친 손가락 마디를 보면서 삶의 속살은 겪어보고 깨우쳐야 보인다는 걸 배웠다. 물질의 속살을 실리의 담보만으로 깨닫는다는 것이 가당찮다는 것도 알았다. 세월의 강을 헤엄치려고만 악을 쓰면 숨이 차고 지쳐서 가라앉는다는 것을, 행복의 바다로 가려면 강물 위를 둥둥 떠다니는 쪽배로 머물러야 한다는 것을.

　눈에 보이는 게 다가 아니었다. 까도 까도 껍질 같은 양파도 싹을 틔우는 알맹이는 그대로 그 자리에 있었다. 시행착오의 꿈에 색칠하고 목구멍에 풀칠도 한 오늘은 무사히 끝났다. 나른하다. 잠이 온다. 눈을 감는다. 새날 맞이를 위해 이불을 당겨 덮는다.

해맑은 사랑이어라

올 때도 빈손 갈 때도 빈손이라지만, 이 세상 태어난 날에도 빈손에는 사랑이 살고 있었네. 이 세상 떠나는 날에도 빈손에는 사랑이 살고 있었네. 사랑이 죽어 없어졌다면 세상은 숨 막히는 황무지였네. 숨 쉬고 살아도 우리네 삶은 삭막한 간헐천의 눈물이었네.

보라, 유유히 흐르는 저 강물이 사랑을 속삭이며 하나 되려고 바다로 가는 순간을.

어서 오라, 해맑은 사랑으로 오는 강물에게 파도가 손뼉을 치네.

보라, 하늘에서 숨 쉬는 저 구름이 사랑을 속삭이며 하나 되려고 초목을 적시는 순간을.

어서 오라, 해맑은 사랑으로 오는 빗방울에게 땅이 손뼉을 치네.

오! 싱그러운 샘물 되어 솟아나는 사랑이어라. 아낌없이 주고도 걱정 더하는 사랑이어라. 다른 듯 같은 사랑이 하나 되어 춤추는 사랑이어라.

우리 집에 온 스승 (1)

폭설의 무게를 견디지 못하고 동장군의 가세에 꺾이고 부러지는 소나무의 아픈 소리가 정적을 깬다. '뚜두둑, 뚝, 뚜둑!' 밤 깊은 산골 집의 온돌방에 누워서 오래된 행복을 꺼내본다. 한평생 무엇 하나 표나게 가지고 사는 복은 없어도 남들이 가지는 자식 복은 썩 누리고 사는 것 같다.

다들 건강하고 열심히 살려고 노력하는 그 마음이 참 고맙다. 인생에서 신비로이 빛나는 순간은 2세와의 첫 만남이다. 사람은 태어나서 하늘을 맞이하는 순간에 평생 만나야 할 사람들의 인연이 지어진다. 아! 눈을 감아도 행복하여라. 욕조에서 여린 맨살을 비비며 안겨오는 아가의 감촉과 깜빡 낮잠이 들었을 때 볼볼 기어 와서 아비 품을 파고드는 형언할 수 없는 그 충족감은 세상 어디에도 없다.

하늘에서 온 귀한 손님이 우리 집에 와서 웃음꽃을 안겨준 행복에 무엇으로 보답해야 할지를 찾기도 했다. 돌아보면 아이가 자라며 그저 즐기는 놀이를 자주 함께해주지도 못하고, 커서도 내면 아이로 살지 않도록 십만 번쯤 듬뿍 안아주고 업어주고 쓰다듬어 칭찬해주지 못한 부모라서 부끄럽다.

자식은 우리 집에 온 스승이기도 하다. 자식의 성장 속에서 더불어 성장한 나를 감싸는 사랑이 충족된 가치 있는 삶이 머문다.

우리 집에 온 스승 (2)

   평범한 일상에서는 표가 안 나지만 살다가 급박한 상황이 벌어지고, 이것 막으면 저것 터지는 고비를 헤쳐 나가려고 몸부림칠 때 자식마저 속 썩이는 존재였다면 내 인생은 불행한 방향으로 스산하게 흐르다가 끝났을지도 모른다. 문득 강의 속살을 체득한 작가의 소설, 『부론강』의 숨이 깊은 곳에서 튀어 오른다.

   '삶의 길은 알 수 없었다. 전혀 예측할 수 없는 일이 살아가는 길목 곳곳에서 튀어나올 때 더욱 그랬다. 대체로 그런 일들은 반가운 손님처럼 찾아오기도 하지만 살기를 품고 덤벼들 때도 많았다.'

   한 치 앞을 모르는 삶은 불쑥불쑥 갈등의 덤불 속에 던져진다. 그 길들이 삶일지라도 보기에는 큰 이유도 없이 탈진한 부모들의 심정을 헤아려 본다. 남에게 말 못할 사연이 있을 것이다. 갑자기 닥쳐온 혼자 일어날 수 없는 버거운 상황도 있었을 것이다. 하지만 부모는 자식이 있어 억척같이 다시 일어선다. 자식은 행복한 삶을 설계하게 하는 부모의 고귀한 손님이자 거룩한 삶을 이끄는 스승이다. 함박눈이 뜰방까지 쌓였다. 은빛 세상 속으로 거룩한 밤이 흐른다. 포근한 아침 햇살을 품고서….

놀이터

아이들이 폴짝폴짝 뛰는 건
마음이 가벼워서다. 좋아서다.
세상이 가벼워서다. 즐거워서다.

어른들이 풀쩍풀쩍 뛰는 건
마음이 무거워서다. 고달파서다.
세상이 무거워서다. 힘겨워서다.

세상은 아이들의 마음으로 뛰는 거다.
어른들의 세상이 더러 옹이로 멍울지더라도
아이들처럼 웃고 놀며 신나게 뛰는 거다.

걸음 가벼이 튼튼
마음 가벼이 튼튼
튼튼 세상 놀이터에 우리가 사는 거다.

모 정

　먼 길 달려와서 버려진 신발이여, 자식 위해 걸어온 외길 일평생 세상을 돌다가 쓰러져 누웠네. 병실에 버려진 모정 한 생의 마지막이 애잔하다. 바짝 마른 단풍잎의 피부, 식어가는 육신을 실을 침대가 온다. 아들놈은 굳은 얼굴로 침묵하지만, 해방감이 삭은 미소를 짓는다.

　병시중을 토해낸 단풍잎이 바깥에서 서럽게 구르며 운다. 병원 입구로 스러지는 솔가지 그늘이 모정의 덜 마른 눈물을 거두어 간다. 끌어당기지도 못하고 놔버리지도 못하면서 그 중간에서 갈등하며 너그러워지는 숨으로 살다가 죽음으로 완성되는 삶을 강물에 띄우는 어머니여, 어머님이시여.

정말 고마워

호미야, 힘들었지?
힘들게 해서 미안해.
사느라고 나도 힘들었어.
나랑 울어줘서 고마워.
정말 고마워.

손가락아, 힘들었지?
힘들게 해서 미안해.
사느라고 나도 힘들었어.
가족을 지켜줘서 고마워.
정말 고마워.

붓아, 힘들었지?
힘들게 해서 미안해.
사느라고 나도 힘들었어.
나랑 놀아줘서 고마워.
정말 고마워.

마음아, 힘들었지?
힘들게 해서 미안해.
사느라고 나도 힘들었어.
아픔을 안아줘서 고마워.
정말 고마워.

안주인

수월재 아침 햇살 오늘도 포근한데
안주인 간데없고 솔바람 소리만이
흙 마당 울을 돌다 등걸에 누워 자네.

수월산 저녁노을 오늘도 붉건마는
안주인 자취 없고 실구름 조각만이
바람에 실려 가다 별빛에 스러지네.

이웃에 살기

누구나 말은 안 해도 옆집이란 마음의 벽이 닫혀서 깜깜하다고 느낀다. 이웃이란 마음의 벽이 열려서 환하다고 느낀다. 옆집이 떠나는 철새의 스치는 인연이라면 이웃집은 떠날 수 없는 텃새의 운명으로 머문다. 우리가 옆집에 사는가, 이웃에 사는가?

옆집만 있고 이웃집이 없다면 우리는 외로움에 떨다가 우울증에 걸리고 자살을 부를지도 모른다. 옆집을 이웃집으로 안아보라. 이 순간을 심호흡으로 느껴보자.

삶의 맛은 다르다

그가 복이 없다고
아직은 말하지 마라
복을 까먹는 짓을 했는지
복을 부르는 짓을 했는지
살아 보아야 알 수 있다.
삶의 맛은 입맛하고는 다르다.

그를 공인이라고
섣불리 부르지 마라.
손을 벌리는 짓을 했는지
손을 감싸는 짓을 했는지
살아 보아야 알 수 있다.
삶의 맛은 손맛하고는 다르다.

그는 빈털터리라고
실없이 떠들지 마라.
발로 뭉개는 짓을 했는지
발로 돋우는 짓을 했는지

살아 보아야 알 수 있다.
삶의 맛은 눈 맛과는 다르다.

길 위의 아름다운 사람이여 (1)

　십리대숲의 대자연 음악과 우포 따오기의 하늘 음악을 사랑하는 우리 큰형님이 오솔길에서 해맑게 웃는다. 청백리상을 받고 교장으로 정년 퇴임한 큰형님은 지난날 정성을 다하여 틈틈이 일구고 가꾸어 온 들꽃 학습원을 후학에게 물려주고 새로운 길로 멋지게 떠났다.

　도보 여행으로 부산 오륙도 해맞이 공원에서 778km 고성 통일전망대까지 24일간의 해파랑길을, 또 해남 땅끝마을에서 840km 강화도 교동까지 25일간의 서해랑 길을 완주하고 지금 세 번째 도보 여행을 준비하고 있다. 이번에는 한려수도의 아름다움과 명량해전의 핏빛 동백꽃을 안으며 남파랑 길을 걸을지도 모르겠다.

　몇 해 전에는 제주도 올레길을 걸으며 곶자왈의 갈등(칡과 등나무)에서 삶의 이치를 깨치고, 지난봄에 12일 동안 걸었던 지리산 둘레길에서는 새로운 삶의 낭만을 찾았다고 했다. 하루 평균 10시간 4만 보 내외로 걷는 12일 중에 4일 비가 내렸지만 시원하고 풍광은 더 새롭고 좋았으며, 고개를 오르내리는 것이 힘이 들었지만 길에는 예쁜 꽃들이 피어 있어 행복했다는 소식을 여러 장의 사진과 함께 보내오기도 했다.

길 위의 아름다운 사랑이여 (2)

밝아오는 해에는 산이나 봉우리를 1,000개 오르는 천산 대학을 9년 만에 졸업한다고도 했다. 오랜 길동무들과 함께 단련한 가자미 근육으로 말이다. 그리움이 진하게 밀려온다. 이기대 농바위 너머로 보았던 수평선 위의 흰 구름이 떠오르고 해안 길에서의 큰형님 말씀이 떠오른다.

"상대에게 화가 나거든 마음을 수평선에 두라고, 치밀어 오르는 화를 친구로 삼으려면 그 자리에서는 아무 말도 하지 말라고, 짧게는 한두 시간, 길게는 하루 이틀 뒤에 좋게 말하라고. 때로는 선의의 거짓말이 분란을 일으키는 진실보다 나을 때가 있는 거라고, 부딪히는 나무의 아픈 생김새를 눈여겨 살펴보라고, 그리고 한 사람의 과거를 안다고 해서 그 사람의 전부를 아는 것처럼 착각하지 말라고, 새로운 길을 가는 사람을 응원하며 지켜보라고."

길 위의 아름다운 사람이여! 길 위에서 얻은 풍성함으로 더 멀리 걸어갈 사람이여! 국토순례의 삼천리 도보 여행을 소망하는 사람이여! 내일도 걸을 들꽃처럼 아름다운 사람의 소망 한 걸음, 사유, 성찰, 무언 한 걸음, 사랑 한 걸음, 그 무엇의 빛 또 한 걸음에 신의 축복이 깃들기를 형제애를 더하여 빌어본다.

젖어들기

물에 젖지 않고 수영할 방법은 없다. 물에 젖지 않고 새싹을 틔울 수도 없다. 결혼도 그렇다. 결혼은 삶에 젖어드는 증거다. 결혼은 두 사람이 하사의 동그라미를 창조하는 억조창생의 예술이다.

가족에게 사랑을 주는 데 조건이 있던가? 가족이 먹고 입는 데드는 돈이 아깝던가? 온전한 사랑이 삶의 가치가 아니던가? 당신은 가족에게 흘러넘칠 만큼 사랑을 퍼부었는가? 조건 없는 사랑을 곱씹어 보았는가? 사랑만이 집안의 냉기를, 고드름 가족의 꽁꽁 언 마음을 녹인다.

인형을 닮아가며 찌그락찌그락 거리는 숨 막히는 공간 속에서도 사랑은 당신을 기다리며 평화로이 숨 쉬고 있다. 냉기 찬 고드름 집안에도 반드시 순풍 부는 봄이 온다. 한솥밥 먹고 자며 허물 덮는 사랑이 지붕이고 하늘임을 안다면 일상의 집이 아닌 괴리감이 집을 잃은 상실감이 즐거운 우리 집이 되어 삶의 터전에 힘찬 기운이 솟구칠 것이다. 따질 것도 없이 세상살이에 젖어들지 않은 원인이 나에게 있다면 메마른 인생살이 책임도 나에게 있다.

사랑은 어마어마하다. 삶에 젖어드는 방법은 딱 하나, 사랑뿐이다.

멍석 깔고 춤을

미소는 사람에게 준 하늘의 선물이다. 미소는 사람의 꽃이다. 생명력의 나눔이다. 미소 지어 사랑한다고 말할 때 우리는 그 사랑의 크기를 어떻게도 표현할 수가 없다. 사랑을 신으로 볼 때 사랑은 충족된다. 우리는 사랑하는 사람과 함께할 시간이 언제까지인지 알 길이 없다.

순간순간을 사랑으로 아끼고 감싸며 살아낼 뿐이다. 우리는 서로를 보듬으며 멍석 깔고 춤추어야 한다. 환하게 미소 지어야 한다. 한 사람의 태어남은 꽃씨가 바위를 부순 모래흙에 싹이 틀 즈음의 존재이기에.

술과 몽학

　포장마차에서도 철학은 나온다. 술은 사람이 만든 걸작품이다. 왜냐하면, 몽환의 몽학이 술에서 나오기 때문이다. 술 취한 그대여, 외로워 사색하는 존재여, 걸작품에 토하지 마라.

　몽환이 울고 갈지니, 몽학이 도망가리니.

　그대여! 술 취하거든 통째로 세상을 품으라. 술은 그때 마시는 것.

편집된 고정관념

길 위에서 길에게 물었다.
어떤 철학이 참입니까?
길이 되물었다.
길을 걷는 당신의 어느 발가락이 참인가?

어떤 물이 참입니까?
빗물, 샘물. 소금물, 똥물, 다 생명이 목 타는
해갈의 사랑이다.

편집된 고정관념을 벗어라.
인간은 생각에 중독되어 죽음으로 내몰린다.
무엇이 삶을 물고 흔드는가?
무슨 생각을 지각하든 쓸데없다.
이슬 한 방울의 우주도 참이기에….

새 날

세속적 번뇌에 달빛은 차가워 시리고

숭고한 고뇌에 별빛은 뜨거워 아리네. 지인암

아궁이가 숯불을 머금고 웃네.

해우소 처마 끝이 먼동에 귀를 쫑긋 세우네.

노승이 창을 열고 초승달에게 허리를 숙이네.

맑히어 맑은 마음이 새벽 별에 닿아있네.

방장의 기척에 사미승이 어슬핏하게 든 잠에서 깨어나네.

절집 가마솥 밥 끓는 소리에 김이 모락모락 조실로 마중을 나가네.

바람과 하나 되어 울리는 청아한 풍경소리가 새날을 노래하네.

동박새와 산승이 마당에서 반가이 눈인사를 나누네.

산등성이 바위 틈새 소나무가 싱긋이 미소를 짓네.

눈 부신 햇살이 산 너머에서 달려와 노승의 이마에 입 맞추네.

싹

속삭임이 들려요.

말라서 자른 밑동에서 싹이 나네요.

나 살아 있어. 나 살아 있어.

감동이네요.

생명의 위대함이 내게 힘을 주네요.

내가 터널 안에 있을 뿐이지

땅에 묻혀 있는 건 아니니까요.

열매도 제 속 눈물을 말리며 영그니까요.

나 지금 행복해지기 바쁘거든요.

당신은요?

오솔길

누가 잡아당기는 것도 아닌데
오늘은 오솔길을 걸어보세요.
우리가 몰랐던 나무와 새의 속삭임이 들려요.

축하해 주는 아침 햇살이
나 피어나고 있다고
보고 있다고
약속해 주는 남실바람이
나 잘살고 있다고
알고 있다고
위로해주는 저녁노을이
나 행복하다고
느끼고 있다고
'이리 살다 죽는 거 아닌가?'
'이리 살다가 죽지 싶다.'
그런 생각 말아요.
누가 잡아당기는 것도 아닌데.

너 없으면

바람이 그네를 타네.
빈 의자가 낮잠을 자네.
나뭇잎이 손을 흔드네.
파란 하늘이 웃네.
싱그러운 풀잎
향기로운 꽃잎
미소 짓는 달과 별
다 돈은 안 되지만
너 없으면 나는 못 살아.
너 없으면 나도 못 웃어.

둥지의 이름

우리 이름을 부르며 아빠가 웃습니다.

그리 기쁜 일도 아닌데

우리 이름을 부르며 엄마가 웁니다.

그리 슬픈 일도 아닌데

우리들 이름에는 파랑새가 사나 봅니다.

이름마다 사랑이래요.

사랑으로 부르는 이름, 이름으로

그 둥지 속에는

그게 다야

나는 내가 참 예뻐.
어울림도 토닥임도 제일은 나야.
그게 다야.

잊지 말아줘, 친구야.
누구라도 하찮은 나는 없어.
그게 다야.

위 로

기운 없는 나를 데리고 나간다, 그가 아는 맛집으로.
맛있게 먹고 속마음 털어놓고 위로받고 기분이 나아진다.
생각을 바꾼다. 그래, 주저앉지 말고 더 열심히 사는 거다.
어금니를 깨문다. 그렁그렁 눈물이 뚝!
손 내밀어 고맙다는 말 꺼내기도 전에
살며시 그의 손이 먼저 다가온다.

일 상

늘 그렇듯이
열심히 살고 있어요.
건강하고
할 일은 있고
행복이라
감사하는 마음
오늘도 웃습니다.

개인 방역 잘하고 계세요.
응원합니다.

걸 작

어느 악기 명장이 말했다.
걸작을 만들기에는 인생이 턱없이 부족하다.
나는 마음으로 명작을 만들어 나간다.
내 마음이 없어질 때까지 명작을 다듬는다.
명작의 내면이 나를 들여다보도록….
나를 속이는 건 덜 떨어진 앎이다.
나를 키우는 건 명작이 아니라 걸작이다.

일과 나

　나는 비행기 안에서도 달리는 기차 안에서도 생명이 태어나서 존재하기에 누군가와 시간을 함께하며 숨 쉬는 것이 삶입니다. 남에게 덕이 되게 사는 것이 사람입니다. 때로는 반복되는 일이 지겹기도 합니다. 다 먹고 살자고 하는 일인 줄도 알지만 판사, 검사의 법에 관련된 일 사자는 조정·합의가 최선이고 간호사, 의사의 숨에 관련된 스승 사자는 호흡·체온이 최선입니다. 내가 있는 곳에서 나를 태워서 어둠을 밝히는 촛불로 사는 삶이기에 말입니다.

　삶은 누군가와 함께 사는 길입니다.

재털기

세상이 시들하다고?
아니야,
네가 시들한 거다.
세상은 늘 눈부시다.
네 서랍에 숨겨둔 허물을
꺼내 털어라.
재를 털어야 숯불이 빛난다.
옳다 그르다 궁상 털고
내 탓으로 돌아서라.
보이는 것이 전부인 양 사람들이
거꾸로 살아서 안보다 밖에서
구하려고 아우성이다.
한 걸음만 벗어나 보라,
딱 한 걸음만.

나가자

찌든 도시를 벗어나 전자파에 시달리는 몸을
자주 흙에 접지시키자.
흙에서 생명력은 살아난다.
흙, 땅은 에너지의 보고 보물창고다.
집에서 제법 쉬었으면 벌떡 일어나서 나가자.
가자,
산으로 바닷가로.
저기 가보고 싶은 산이 보인다.
안겨보고 싶은 섬이 보인다.
아름다운 산, 아름다운 사람들 곁으로.
가자, 보물 찾으러.

쪽 지

뭐가 그리 복잡한가?

삶은 단순하다.

그냥 사는 것이다.

태어나서 살고 죽었다.

쪽지에 써도 짧은 목숨이다.

당신의 잣대로 삶을 재지 마라.

정해진 답답함이 삶이던가?

삶은 자연의 선물이다.

소리 소문 없이 피고 지는 한 송이 꽃의

향기로 머물라.

몰라서 모르고 사는 인간이다.

대우주의 깨끗함으로 영혼을 닦으라.

생각을 크게 열어 이 세상에 조그만 힘이 되라.

영양실조

내일로 미루어두는 행복은 신기루다.
돈벌이에의 몰두와 욕심은 타고난 건강을
질병으로 몰아간다.
그 두려운 값을 스트레스와 함께 치르고
무엇으로 보상받으려고 발버둥 치는가?
모유를 먹는 아기의 똥마저 푸른색으로
변화시키는 산모의 스트레스를 떠올려 보라.
어찌할까나?
돈을 좇다가 영양실조에 걸린 영혼은
또 어찌하라고.

눈 뜨기

외로울 때 더 많이 아픕니다.
사람이 아플 때 덜 외롭게
그 곁에 함께 있어줌이
최고의 위안입니다.

환자보다 낮은 간이침대에서
겸손을 배우면 삶의 무게를
사랑이 녹입니다. 인생의
속도는 겸허히 흐릅니다.
잠자는 당신의 세상을 새로이
눈뜨게 합니다.
아픈 사람은 또 다른 나의 모습입니다.

말하기

우리가 매일 하는 말은 하늘에 드리는 기도와 같다.

말은 입으로 나오는 영혼이다.

말은 영혼의 힘인 진동 울림이다.

말은 물질의 명약이 아닌 영약이다.

말은 최고의 에너지다.

말은 질량의 열매다.

말은 색과 향기가 있는 물길이다.

말은 보이지 않는 찬란한 빛이다.

말은 관계가 트이는 교류의 흐름이다.

말에는 엄청난 힘이 있다.

말의 바름이 인간 사랑이다.

말은 선하고 곱고 부드럽고 낮게 빛나는 별이다.

즐거움

마을 앞 든든한 정자나무를 올려다보자.

사람을 위해 나무를 심은 선인들의 그늘에서 우리는 쉬고 살아가는 이야기를 한다.

봉사는 나무 그늘이며 시원한 바람이다.

봉사는 구름에 가려진 별빛 하늘을 가슴에 담는 일이다.

봉사는 존경이지 동정심의 반란이 아니다.

마음의 통증을 몸의 통증으로 받드는 일체감으로

평생 학생으로 사람의 길을 여는 것이다.

아무 일도 한 것이 없는 듯이….

소 망

풀꽃도
밝은 쪽으로 먼저 얼굴을 내민다.
사람도
밝은 사람을 먼저 좋아한다.
나도
햇볕 같은 꽃 같은 사람이고 싶다.

사람의 길

인간은 동물과 사람 사이에 있고
사람은 인간과 신 사이에 있습니다.
'인간아! 인간아! 니 언제 사람 될래?'
인간에서 사람으로 가는 길이
인생길입니다.

이유 없다

계산을 잘못한 주인이 거스름돈을 적게 내주었다.

거기까지는 괜찮다.

그 주인 첫마디가 "뭐, 그럴 수가 있지요."

그건 주인이 할 소리가 아니다.

손님이 할 말이다.

죄송합니다.

고개 숙이는 한마디가 그리도 어려운가?

잘못했으면 정중히 사과하고 더 이상

아무 말 말자.

이유 없다.

한마디 더 하면 변명이다.

시인의 길

돌아앉아 긴 숨 쉬는 날에 허기진 영혼을 달래며
우리는 당신의 시를 읽습니다.
육안을 넘어서 쓴 당신의 시는 독자를 위해서
퍼 올린 샘물입니다.
타는 갈증으로 길어 온 사랑입니다.
뒤척이는 혼을 깨우는 북소리입니다.
참 고맙습니다.
감동의 순간은 고통을 이겨낸 긴
기다림 끝에 온다는 다독임으로
용기와 위로를 주시기에….
독자에게 쓴 시는 죽어도 사랑으로
독자를 위해서 쓴 시는 살아 있기에….

바 보

희망이 절벽 같은 삶의 언저리 그 어디쯤에서
벼랑 끝에 서 있나요?
뛰어내리고 싶은 충동인가요?
냉정을 지운 냉철함으로 보세요.
벼랑 아래는 차가운 어둠
고개 들어 하늘을 올려다보세요.
온통 따뜻한 밝음인 걸요.
지금 해결할 수 없는 일들을 흐르는 시간에
맡겨 보세요. 인생의 맛은 불안이라잖아요.
세월 따라가 보세요.
시간이 풀어버리니까요.
하늘도 못 보는 바보가 되지 마세요.

길 위에서

삶은 곧 길이다.
그 길에서 자기를 의심하라,
사는 것이 수수하고 털털해진다.
고비가 사랑이며, 괴로움이 벗어던짐이다
이 순간
새순을 틔우는 그대,
쾌락을 버린 현명한 사람이여.

정신 차려

안 아프면 불행한 게 뭐가 있겠는가?

생명체는 생명체를 먹어야 건강하다.

사람은 생명체 없는 것을 잘 먹어서 병든다.

만날 맛있는 음식만 먹으면 질병은 회복이 안 된다.

나쁜 식습관으로 피에 독소가 쌓이면 비만이 설친다.

과식은 위를 무력하게 만든다.

위장은 좋은 혈액을 만들어내는 소화기관의 대들보다.

위가 망가지면 60%가 지방인 뇌가 망가진다.

뇌가 망가지면 몸이 말을 듣겠는가.

피가 맑아야 몸이 개운해서 가뿐하게 산다.

피가 탁하면 느린 혈액순환이 노폐물을

쌓이게 해서 체온을 낮추며 면역기능을 저하한다.

체온이 떨어지면 혈액이 세포 조직에 공급이 안 되어 암이 생긴다.

피가 악을 쓴다.

'제발 좀 참아. 너 죽고 나 죽자고.

정신 차려, 이 멍청아,

만병은 하나의 원인에서 출발해.

그게 피야, 알아?'

착 각

누구나 자기 이야기를 한다.

그러나 세계란 나와 외계로 구성된 관념이다.

세상은 나와 생명체가 소통하는 장이다.

아기를 기를 때 아기 뜻대로 해줌의 과정이 나의 행복이다.

내 뜻의 관철은 착각이며 괴로움의 원리다.

천만 번을 구워도 붕어빵 틀에서는 붕어빵만 나오니까

사적인 마음으로 살면 삶이 꽉 막힌다.

내 뜻의 이야기는 공동체의 사랑에서 시작되어야 한다.

농부의 뜰

신선한 공기가 새벽을 깨운다.
들판의 도랑을 따라서 물길이 열린다.
농부의 뜰, 못자리에 물이 들어온다.
논에 물이 차면 풍경은 풍요롭다.
하늘이 내려오고 산이 찾아오고
바람이 놀러 오고 새가 날아든다.
이는 물결에 구름이 춤춘다.
논둑 안에서 익어갈 알곡의 노래를
물이 밤을 새워 곱게 만들어 간다.
물은 자연의 위대한 신이다.
행복을 손에 쥐고 사는 농부의 신이다.

숨바꼭질

나를 웃게 할 복을 숨겨둔 재능이 어디에 숨었을까요.

내가 무엇을 잘할까를 생각하고 도전해 보세요.

꿈틀거리는 재능이 그냥 죽고 싶지 않다고 아우성치네요.

더 늦지 않도록 재능을 알아봐야겠어요.

공들인 재능은 배반을 모르니까요

잘 살펴보세요.

재능 숨바꼭질 놀이를 즐겨 보세요.

어디에 재능이 숨어있는지를요.

살맛이 나거든요.

진짜 살맛 나거든요.

자신이 가장 하고 싶은 일에서 재능을 발견한다면

얼마나 좋을까요?

재능 찾기 놀이를 하다가 방황을 해도 잘못된

길은 아니죠.

길을 잃어 본 사람이 길을 찾으니까요.

사람의 재능은 미래의 복주머니죠.

재능 숨바꼭질 놀이가 가져다주는 복주머니죠.

잠자리와 나

물속에서 잠자리 유충이 꿈꾸었듯이
나도 태중의 물속에서 꿈꾸며
열 달을 살고 세상에 나왔다.
내 어깨 위를 맴도는 잠자리
서로가 물속에서 꿈꾸다가
이제는 땅에서 같이 쉬고 잔다.
잠자리, 너는 참모습으로 날고
인간, 나는 겉모습으로 걷는다.
수면 위를 치듯이 날며 자유로이 산란하는 너
내가 너보다 뭘 그리 뽐낼 게 있겠나?
사는 데 여전히 배우는 내가.
사는 데 여전히 서투른 내가.

저기요

저기요,

뭐 잡으러 가세요?

상어잡이 가는데 새우잡이 가는 느낌이세요.

저기요,

뭐 캐러 가세요?

칡 캐러 가는데 달래 캐러 가는 기분이세요.

아닌 건 아니야 무탈이 기적인 걸요.

가슴을 관통하는 확신이 안 든다면

뒤틀리기 전에 빨리 코 풀고 돌아서세요.

빙점을 체온으로 녹여보세요.

물이 되어 흘러, 흘러보세요.

운명도 만들어가니까요.

보고 있다

가장 아프게 무는 동물이 인간이다.
당신은 일터에서 얼마나 많은 사람들을 물어뜯었는가?
당신은 거리에서 얼마나 많은 사람들을 뜯어 씹었는가?

가장 부드럽게 무는 동물이 사람이다
당신의 집에서 얼마나 많은 사람들이 웃었는가?
당신의 차에서 얼마나 많은 사람들이 고마워했는가?

아는가?
다 보고 있다,
하늘이.

똥

개똥같이 벌어서
개똥같이 쓰는
네놈의 돈,
간덩이가 상했구나.
양심 썩은 돈,
난 그딴 돈 싫다.
너 혼자 다 처먹어라,
개차반 똥.

이별 앞에서

갈대도 억새도 긴 밤 뒤척였다.
잠 못 이룬 날들을 밀쳐두고
세상 뜬 내 사랑
엉클어진 삶에 어수선한 날이 샌다.
그리워서 어쩌나, 어찌 참을까,
보고파서 어찌 살거나,
자꾸만 눈물 어리는데,
다가서는 내 님의 미소
떠나려 하네.
아득히 먼 은하로
그 머나먼 오작교 길을.

결핍과 징소리

손 글씨는 생각을 집중하고 오래 기억하게 한다.
생각을 확정하지 않고서 글을 쓸 방법은 없다.
글은 많이 쓸수록 자신을 바꾼다.
글은 고칠수록 생각은 세밀해진다.
생각은 긍정적이 된다.
가난하고 병들 것을 각오하고 긍정으로 맞서라.
결핍이 예술을 고양한다.
글은 사람이고 문체는 인격이다.
인류 변화의 아름다움이 몽학이다.
큰 물길, 그 물결의 선지자여,
현자의 돌, 죽기 전까지 정신의 돌
영혼의 돌을 많이 캐라.
생명 현상을 유감없이 발휘하라.
좋은 글은 숲 속에서 퍼뜩 떠오른다.
착한 글은 화장실에서 퍼뜩 떠오른다.
고운 글은 잠자리에서 퍼뜩 떠오른다.
깊은 글은 꿈속에서 퍼뜩 떠오른다.
그 글들이 모이고 모여서 뭉근하게 끓어오르면
징소리를 울리는 한 권의 책이 된다.

한글과 책

숫자는 단 열 개의 조합으로 인간과 사회를 기술하지만
한글은 거의 완벽한 감정 음성어다.
한글의 의미를 파악하려면 말 내용을 끝까지 들어야 한다.
한글은 지상 최고의 감각적 표현의 글이다.
한글을 사랑하며 말하고 읽고 쓰는 나는 자랑스럽다.

책 5,000권 읽으면 많이 아는 듯
7,000권 읽으면 조금 아는 듯
9,998권 읽으면 영 모르는 듯
우리가 알 수 있는 지식은 유한하다.
지식에 병들면 어리석다.
지식이 비틀리면 무식이다.
두 권은 평생을 두고 읽으리,
만 권은 너와 나.

잠시 서 있을 뿐

친구는 별말이 없다.

그는 병상에 힘없이 앉아 있고, 그 곁에 나는 서 있다.

지난날 친구와 마시던 술잔은 무게가 없었다.

하지만 병실에서 친구와 나누어 마시는 커피

반 잔의 무게는 너무 무겁다.

한숨 소리는 더 무겁다.

뒤돌아서는 발걸음은 더더욱 무겁다.

삶의 무게가 이리도 무거운 것인가?

나도 지금 잠시 서 있을 뿐이지 않은가?

언제 어디서 어떻게 죽을지 모르지 않는가?

친구는 병마에게 호탕한 웃음을 빼앗겼다.

태어날 때는 울어도 죽을 때는 웃고 싶은데,

어찌 살아야 죽을 때 웃을 수 있을까?

폼 나게 잘 죽고 싶은데 정말 그러고 싶은데….

그만하자

여린 유실수를 심어서 가꾸듯이 사람들은 자식 농사를 짓는다.

자식 농사의 풍성한 결실은 손주의 재롱이다.

그렇기에 손주를 품에 안으면 보아도, 보아도 예쁘다.

내리사랑은 하늘의 뜻이라서 막으려야 막히지 않는

힘이며 사람이 꽃으로 세상에 존재하는 이유다.

문제는 자식이다.

'자식이 알아서 잘해주겠지.' 아니다.

자식의 효도는 지난날 품 안에서 재롱 피울 때 다 받았다.

더 이상의 효도 기대는 인생을 서글프게 만든다.

다 큰 자식을 품에 안아도 인생은 서글퍼진다.

어미 새는 먹이 찾아 나는 새끼를 모른 체한다.

부모만이 아는 채 자식에게 미련을 둔다.

그 미련은 부모도 자식도 개인 성장의 정화를 흐리며

서글픈 인생의 정점으로 치닫게 한다.

부모가 돈 많이 주고 갔다고 자식이 자랑하던가.

자식 버린다. 정신적 유산은 어디 두었는가?

예외는 있겠지만 그만하자.

150살

건강하던 형님이 갑자기 몸져누웠다. 한참을 말없이 있다가 조심스럽게 물었다.

"형님, 건강이 허락한다면 몇 살까지 살았으면 좋겠습니까?"

눈을 감고 있다가 한참 만에 형님이 대답한다.

"내 마음대로 살 수 있는 나이를 하늘이 허락한다면 150살까지는 살아보고 싶다."

왜냐하면, 격랑의 시대를 살아오면서 고생한 것이 있는데 그 고생한 보람도 느끼고 110살까지는 인생을 더 배우고 싶다. 그리고 110살부터 40년은 신세대의 문화에 공감하며 공유하는 여생을 보내고 싶다. 이렇게 격변의 시대를 겪어볼 기회가 드물지 않겠나? 두 가지 정도 더 원한다면 현재 마음으로는 공부를 더 해서, 열심히 해서 농학자가 되고 싶다. 갈수록 심해지는 자연재해도 산업화보다는 농업화가 유리하지 않겠나? 자연산이나 유기농 먹거리가 딸리면 세상이 제대로 돌아가겠나? 온갖 병이 돌고 먹거리의 땅따먹기 싸움에 인간살육 전쟁이 돌고…. 생각만 해도 끔찍하다.

다른 하나는 꽹과리를 배워서 신명 나는 황혼을 즐기고 싶다. 더는 없다.

인간 씨

지리산골에서 태어난 사촌 동생은 열네 살에 지리산 첫 등정 후 서른다섯 살에 100번째 등정을 했다. 더하기 산 높이로 치자면 세계 최고봉은 저리 가라다. 한번은 하반신 마비의 친구와도 눈물 콧물 땀물로 등정을 했다.

"친구야, 지리산도 오른 네가 못 이룰 꿈이 어딨어?"

오로지 팔 힘과 팔꿈치로 기어오른 혼신의 등정으로 우정을 나누며 펑펑 운 감격 실화에 가슴이 찡하다.

벼소령에서 동생이 말했다. 숨 쉬는 요금도 내야 할 판인 세상을 만드는 인간의 씨들이 오지랖 욕심으로 배 채우기에 급급하다고 앞줄에서 먹물 먹은 등신이 진짜 까막눈이 되어 간다고. '이건 말이야, 저건 말이야.' 하며 고급 양말도 자랑하는 인간 씨들이 어찌 산길 풀섶의 풀씨만 하겠느냐고. 똥배 채운 욕심을 보여주고 자랑하려고 세상을 사느냐고. 머리에 하늘이고 눈 뜨고 살면서 허울뿐인 죽어서 머리부터 썩을 쑥대밭 세상을 만드냐고.

산 위에 올라 똑바로 내려다보라고, 산 위에 오르면 똑바로 내려오라고, 인간이 만든 정상에 영원은 없는 거라고.

땅에 앉은 기분

생전에 이모부님이 말씀하셨다. "할아버지는 조상이다." 조부모님, 부모님 산소 옆의 과수원이 딸린 외딴집에서 살면서 사과밭에 청춘을 묻은 이종형님을 만났다.

"해마다 눈밭이 녹으면 초록 세상이 펼쳐지고, 꽃이 피고, 꿀벌 나비가 날고, 새소리에 산 열매가 익어가고, 약수가 흐르는 여기가 천국이여!"

간식으로 아궁이 숯불에 고구마를 구워온 형님의 이야기는 계속되었다.

"사람이 제일 행복할 때는 안 아플 때여. 작년에는 사과나무를 싹 다 베어내고 손자들 몫으로 편백나무를 심었어. 나이 드니 몸이 느린 것도 있지만 15년 전에 특 상품 부사 한 상자 돈이 지금은 그 반값이 되어 버렸어. 제사상 차례상 이바지 음식이 줄어드는 판국에 비싼 사과를 누가 널름 사 가겠어? 인건비는 비싸, 일손은 귀하고 농약값은 오르고, 거기에다 기후 변화로 점점 강원도 사과가 입소문을 타겠지. 돌아보면 참 열심히 살아왔어. 젊어서 사과나무 심어서 재미 봤어. 나도 이제 좀 쉬어가며 살 때가 됐어. 누구나 젊어서 일 시작할 때 최소한 10년은 내다봐야 나중에 그런대로 밥 먹고 사는 거여. 도시 아들 집에 가면 도무지 감나무에 올라앉은 기분이라서 얼른 집에 와버려야 마음이 편해. 아파트에 사는 자식들은 땅에 앉은 이 기분 잘 모를 거여. 나는 지금 행복한 거여. 참 행복한 기라."

사과 창고

읍내 장터에서 본 듯 만 듯한 키 큰 한 중년 남자가 어디서 소문을 듣고 왔는지 사과 농사 잘 짓는 법을 가르쳐 달라며 삼 년을 찾아와서 애걸복걸하기에 그 열성과 사과 밭일이 바쁠 때 묵묵히 삼 년을 도와준 고마움에 내가 아는 지식과 지혜를 정리한 사과 재배기술, 농사비법. 거래비결 등을 알려주며 그 사람의 영농교육 선생이 되었다.

그로부터 20년 후 그는 사과 농사를 잘 지어 읍내에 이름이 나고 부자가 되었다. 그런데 사람의 마음이란 참 알 수 없는 노릇이다. 솔직히 말하자면 범부의 욕심이란 끝이 없는 모양이다. 들이는 소문에 사들인 야산을 개간해서 사과밭을 크게 넓히며 냉장창고를 짓고 있다고 했다. 이건 아니다 싶은 느낌에 직접 가보니 창고도 보통이 아니었다.

"정도껏 적당히 농사지어라."

영농선생이었던 나의 진심 어린 충고에도 욕심으로 꽉 찬 그는 거만하게 썩은 미소를 흘리며 "미쳤냐?"라고 빈정댔다.

돈 쓰는 곳을 보면 그 사람을 알 수 있다. 그해 여름 폭우가 산사태를 일으키고 사과 창고를 덮쳤다. 그는 결국 무너진 사과 창고 철골에 깔려 죽었다. 폭우가 아니어도 그는 사과 창고에서 죽었을

지도 모를 일이다. 그를 초상 치르는 일주일 만에 그의 아내는 시어머니를 시숙에게 쫓아 보내고 어떤 놈과 놀아나며 사과밭을 망쳐갔다. 그 여자를 아는 읍내 사람들은 그년을 보고 개가 지나간다며 얼굴을 찡그렸다. 사람이 사람으로 안 보이는 거다.

내가 봐도 무섭다. 어떨 때는 사람이 귀신보다 무섭다.

마음 장애인

맹인 형님의 이야기다.

연놈들의 비아냥거리는 목소리가 귀를 쑤시며 파고들었다.

"눈은 멀거니 뜨고 가는데 더듬고 가는 거 보니까 당달봉사다. 저래서 밥값이나 제대로…."

그 순간 맹인으로 이런저런 슬픔과 아픔을 참고 살아온 깊은 상처의 분노가 터졌다.

"뭐라, 야, 이 개새끼야. 맹인이 네 마누라 젖꼭지를 씹어 묵더냐? 네 새끼 코를 끊어 먹더냐? 어디서 아가리 함부로 놀리노? 네 새끼 네 손자는 어찌 될 줄 알어서. 이리와 개새끼야. 이빨을…, 이빨을 확 내려 앉혀 주께."

연놈들이 소리 없이 사라졌다. 맹인은 집에 와서 술을 들이키며 아내를 부둥켜안고 울었다.

"여보 울지 마요. 제 다리가 성했으면 달려갔을 텐데, 미안해요. 사랑해요. 사랑해요. 울지 마요."

장애인 아내의 사랑, 속으로도 눈물이 서럽게 흘러내렸다.

그대여 생각해 보았는가?

맹인의 삶은 당신의 삶보다 더 외롭지만
당신처럼 더럽지는 않다는 것을
단지 시각 장애뿐임을
당신 같은 마음 장애인이 아님을
그거 좋네.
당신의 그 치욕을 일행과 삶아 씹게나.

놈 소리

그는 성실하게 일했지만 만년 계장으로 있다가 공직 생활을 끝내고 퇴직했다. 승진하지 못한 죄라면 국록으로 정직하게 산 죄다. 뇌물을 먹고 승진을 시키고 무엇이든 돈 되는 일이면 비밀스레 꿀꺽 삼켜버리는 우두머리의 속성을 그가 왜 몰랐겠는가? 관급공사는 자재부터 두말할 것도 없고 추진하는 공사 때 기술자들의 숙소를 잘 지어 놓았다가 나중에 수장이 슬쩍 먹어 치우는 편법까지도 그가 몰랐겠는가?

누군가가 따라붙어서 켕기는 뒤를 캐고 누군가가 열 받아 나발 불어 억 억 소리가 탄로 나면 올 때와는 달이 갈 때는 놈 소리가 태반이다. 하물며 놈의 마누라 소견 좁기가 꿩 포수도 안 되는 쥐 포수다.

돈은 물의 흐름을 따라 아래로 흘러야 가난한 이들이 배를 채울 수가 있다. 돈이 거꾸로 흐르며 행정이 썩어들기 전에 꼭 총기소지 합법화를 해야 총 맞아 안 죽으려고 일 처리 똑바로 하려나 성난 민심이 놈의 목을 비틀어 죽여본들 고깃값도 안 나올 거 같다.

놈의 자살이 나을지도 모르겠다. 덜떨어진 공직자여 누울 자리 보고 다리 뻗기를….

대침 놓기

먹고 살려다 보니 더러 어깨 통증으로 한의원에 침을 맞으러 다닌다. 그런데 침 맞으러 간 내가 오히려 한 여직원의 입술에다가 대침을 한 방 놓고 싶었다.

"아버님 오천 원, 어머님 오천 원."

가만히 지켜보니 90세 어르신에게도 말을 던진다. 그것도 늘 무뚝뚝하게 말꼬리를 잘라 먹는다. 나는 조용히 때를 기다리다가 계산대에 앉은 순간 포착된 그 여직원의 입술에다 사정없이 대침 한 방을 찔렀다.

"뭐 아버님 오천 원? 좋은 말이 좋잖아. 아버님 오천 원입니다. 자, 오천 원. 내가 한의원에 돈 보태주러 온 환자로만 보이나 여기가 돈만 보이는 도떼기장터냐? 통증에 서러운 환자들 미소로 응대는 못 해도 존중은 해야지. 썰물 한의원으로 소문내고 다른 데로 옮겨 말어?"

목소리가 커지자 젊은 원장이 내 곁으로 다가오고 있었다. 그의 눈빛에서 대침이 번뜩였다. 환자들도 다 들었을 내가 왕 대침 놓는 소리에 원장은 다시금 초심을 느꼈을지 모른다. 여직원을 타이르고 밥줄이자 귀한 손님을 인술의 숭고한 사랑으로 맞이하고 안아야 함을.

몸의 통증보다 더한 마음의 통증에 돌아서는 온몸이 찌뿌둥하다.

어느 순간

　먼동 트는 새벽부터 침 뱉는 버릇 삼 년 만에 그는 죽음 병이 들었다. 침 속에 알짜배기 페니실린이 진하게 들어있음도 그는 무시했다. 아무 데나 침 뱉는 그는 서서히 죽어갔다. 몰래 버린 오물과 휴지와 폐기물이 당신의 세포를 귀신도 모르게 망가뜨린다. 걸레를 써도 되는데도 휴지를 막 쓴다.

　휴지는 나무에서 나온다. 나무가 신선한 산소를 주는 걸 알지 않는가? 하늘이 보고 땅이 보고 있다. 오만 가지 약을 써도 살리려고 발버둥 쳐도 땅은 당신이 세상에 머물기를 거부한다. 어느 순간에 가만히 지켜만 보던 하늘이 당신의 육신을 때려 부수며 썩은 영혼을 지워버린다. 끝난다.

　그렇게 착하다고 다가 아니다. 반드시 알아야 한다. 착하고 바르게 살아야 한다. 자연은 말이 없지만, 당신을 살리고 죽이기도 한다. 기억하라. 대자연은 아름다워지기 위해서 당신의 나쁜 세포를 반드시 거두어 간다.

맥박 수만큼

    남을 깔아뭉개며 박이 터지게 산 사람들은 병들거나 죽었다. 그들의 술잔은 말랐다. 반면에 느긋하게 산 친구들은 지금도 느긋하게 살고 있다. 잘 사는 데는 비결도 있었다.

    너는 아름다운 사람이다. 말씀이 존중의 씀이 되도록 마음 씀을 일구었다. 너는 훌륭한 사람이 될 거다. 말씨가 희망의 씨가 되도록 마음자리 바탕을 깔았다. '그럴 줄 알았다.' 아닌 '그랬구나.' 말투가 상처를 내는 던짐이 없도록 마음결을 움직였다.

    말은 닦을수록 빛나고 향기가 난다. 맥박 수만큼 변하는 사람의 마음을 상대방의 입장에 두라. 말은 거울보다 환하게 비친다.

거 목

　동구 밖 거목에 이끌려 다가가서 올려다봅니다. 위엄이 서린 나무를 천천히 한 바퀴 돌아봅니다. 마을을 지키며 얼마나 오래 살아왔을까요? 거목의 속이 텅 비어 나이테도 없는데 푸르른 잎으로 사는 경이로움에 숙연합니다.

　저절로 생각이 깊어집니다. 속 썩는 일이 있어도 나이를 먹을수록 거목 앞에서 삶을 다시 배웁니다. 풍상 속의 거목이 스승으로 우뚝 서 있습니다.

휘파람

병의 통증은 죽음보다 두렵다. 인체의 병은 30만여 가지다. 암만 해도 200여 종이 넘는다. 죽음을 배우면 삶이 달라진다. 엄숙한 배움이 경건하게 살게 한다. 나는 매일 하늘에 기도를 올린다. 오늘도 게으르지 않은 수많은 흙수저 님들이 나태한 금수저들보다 더 건강하게 오래 살게 해주시라고. 고향길, 여행길에서 방귀 소리도 크고 시원하게 해달라고.

방귀는 몸이 노래하는 휘파람이니까. 수술이 잘되었다는 경쾌한 알람 소리니까. '뿌~웅', 아이고! 어쩌다 한번 방귀 뀐 건데 핀잔 주는 너랑 뽀뽀를 하느니 차라리 소하고 뽀뽀하겠다. 소가 웃겠다. 당당하게 휘파람 불며 흙수저 님들이여, 오늘도 파이팅!

밥알 한 알

방아 찧어 놓은 보리를 개가 훔쳐 먹고 소화가 안 되어 토해 놓은 것을 긁어모아 씻어서 죽 끓여 먹고 살았다. 그것이 우리 선조 조상의 삶이다. 우리가 밥 먹고 산 지가 이제 겨우 몇십 년인데, 밥 한 숟가락 남으면 제 마음 더러운 줄 모르고 더럽다고 버린다.

그러고서 신을 찾아 쫓아다닌다. 무슨 기도를 들어주겠는가? 밥도 솥전만 둘렀다 나오면 말없이 먹고 반찬도 짜니, 떫니 타박 말고 내놓은 대로 먹자. 먹고 남은 생선 대가리도 찌개 끓이면 최고다. 감사히 먹자. 뭐든지 음식 앞에 기도하자. 밥알 한 알도 선조 조상의 혼이 쓰다듬는다. 우리의 머리만 쓰다듬고 있지 않다.

조상님께서 땅을 일구고 조부모님은 나무를 심고 부모님은 꽃을 피우고 우리는 열매를 맺으리라.

오늘을 살게요

아빠, 일 끝나고 이제 집에 가는데 아빠가 보낸 문자에 괜스레 눈물이 나요. 아빠의 사랑을 가늠할 수조차 없지만, 생각만 해도 마음이 충만해지는 것 같아요. 아빠, 우리 자매를 있게 해준 부모님께 너무 감사해요. 내려가면 아빠가 들었던 개구리 소리 꼭 들려줘요. 이렇게 우리 가족이 오래오래 행복하게 살았으면 좋겠어요. 아빠, 오늘을 사는 딸이 될게요. 안녕.

즐거이 오시라, 나의 선생이여. 젊은이는 세상의 힘이다.

개구리의 울음

고성들판은 와글와글 개구리 소리로 농번기를 알리고 있었다. 딸이 개구리 소리에 귀를 기울이며 생각에 잠겨 있었다.

"애야 행복은 너의 발아래"

"네 아빠 한걸음의 행복요"

나는 딸에게 일렀다. 행복을 팔아서 돈은 벌었지만, 그 돈으로 한 걸음의 행복도 사지 못하고 후회하며 죽어간 사람들의 슬픔을 개구리가 울어서 달래어 준다고.

그리고 이 땅에 피 흘린 민주화의 꽃님들이 단 한 걸음의 행복도 누리지 못하고 숨겨간 아픈 넋을 개구리가 또 울어 달래어 준다고 그래서 소쩍새도 밤새워 따라 운다고 이 밤에는 개굴개굴 짝짓기 노래를 멈추고 우리네 이웃들의 한으로 울어 고성들을 메운다고, 모두의 넋을 위로하고 있다고.

결혼 축하합니다

딸이 결혼하겠다고 했다.

"그래, 그놈이 삶의 의미를 어디다 둔다고 그래?"

"행복요."

딸이 혼주 양복을 입혀 주었을 때 나는 그 자리에서 딸에게 큰 절을 했다. 아비의 모자람을 용서해 달라고, 시댁에서 제자 되어 행복하라고.

결혼식 날 아침에 사위에게 메시지를 보내며 장인의 도장을 찍었다.

"결혼 축하합니다. 아내가 행복하면 남편은 더 행복하다."

하 나

지식은 꽃 순의 겸손
자만과 오만은 없다.

지혜는 꽃잎의 평화
편견과 대립은 없다.
영혼은 꽃씨의 사랑
오직 진리만이 있다.
흙이 물과 불에 의해서
밥그릇의 가치를 드러내듯이
곡식이 물과 불에 의해서
밥의 가치를 드러내듯이
모든 것은 하나로 드러난다.
일체의 사물에 나는 없다.
너와 나, 하나 되기
활짝!

홀로 걷기

　오죽 답답했으면 속을 터주었겠는가? 인연이 무거우면 인생길에 지진이 일어난다. 인연이 아니라는 확신이 들면 미련 없이 고통 짐을 벗어 놓고 훌훌 털고 일어나 홀로 걷자. 흔적을 지우고 새털처럼 가벼운 마음으로 걷자. 날아갈 듯 홀가분하지 않겠는가?

　얼마나 좋은가? 자신을 보듬어 안고 홀로 걷기에….

　아무것에도 얽매이지 않음이 세상의 바른 순례길이다.

피 막

성질이 나세요?
성깔 부리고 싶으세요?
팽팽한 낚싯줄을 확 끊어버리고 싶으세요?
그게 무슨 낚시 재미인가요?
줄이 터질 듯이 손맛을 즐길 뿐
대어의 욕심은 미망 덩어리
땅 딛고 힘쓰는 오늘,
인생 낚시를 즐기는 이 순간,
그 어디에도 안과 밖의 경계 없는
세상의 중심에 선 당신인 걸요.
당신은 따뜻한 생명체
순수한 의식으로 보라.
큰 강도 한줄기 물이다.
세상을 피하려는 마음의 자살이
형성된 피막을 걷어 내고
세상 속에서 그 마음을 고요히 하라.

텅 비우기

　세상은 온갖 정보가 넘쳐난다. 범벅된 생각이 만들어낸 세상에 살고 있는 우리는 어느 날 괴로워하며 죽어 갈 수가 있다. 이미 범벅된 생각은 어떻게도 정리를 끝낼 수가 없다. 그냥 버리는 수밖에 없다.

　버려야 만이 마음 편하게 산다. 쌓아 두다 보면 어느 순간에 덮치며 괴롭힌다. 우리는 그 누구를 보고 멍청하다고 단정하지만, 사실 그 누구는 현명하고 건강하게 사는 행복한 사람이다. 우리는 어떤 사람을 만나더라도 범벅된 생각을 굴절된 말로 함부로 끄집어내서는 안 된다. 세상일이 엎치락뒤치락 마음이 이랬다저랬다 한순간 흔들릴지라도 텅 비어 가볍고 자유로운 세상은 가만히 그대로이기에.

집주인

단풍이 고운 어느 가을날에 고주망태 스승이 어린 제자를 데리고 산막이 옛길을 걷고 있었다.

스승이 소리쳤다.

"이야! 경치가 끝내준다. 엄청 좋제?"

보통의 제자라면 "예." 하고 대답했을지 몰라도 이 제자는 달랐다.

"스승님께서 벼랑에서 넘어지실까 봐서 혼쭐이 났습니다."

어린 제자는 속으로 되뇌었다.

"스승, 술고래든 주정뱅이든 이분은 나의 스승이시다."

어린 제자는 늘 세상살이에 마음 밭을 일구면서 행복한 스승이 되어갔다. 훗날 훌륭한 스승이 된 어린 제자가 그의 수제자에게 말했다.

"사람이 잘산다 함은 마음에 있다. 세상에 잠시 온 이 몸은 내가 사는 집이고, 그 집주인은 영혼이니라. 부디 행복한 집주인이 되거라."

혼자 있기

혼자 있어서 외로운가? 혼자 있는 시간에 불행은 없다. 나만의 시간을 갖는 순간들은 인생길에 널려있다. 실직과 퇴직, 휴업과 폐업, 휴가와 휴직 등은 나 홀로 있기에 가장 좋은 기회다. 때로는 출퇴근길의 정체된 차 안에서 답답하면서도 그 아까운 시간을 나를 혼자 있게 한 선물이라 여기며 순간순간 내면을 들여다보고 행복해 할 수 있어야 한다. 그 사이에 도로는 풀려 갈 테니까.

출장길에서도 화장실에서도 잠든 아기 옆에서도 나와 마주하며 내면의 소리에 귀 기울이는 순간들은 새로운 세상을 열어준다. 사랑에 빠질 때의 새로운 세상처럼 도로정체로 멈추어 선 뽐내는 차들도 그저 바퀴 달린 이동 수단일 뿐 등산화의 가치보다 그다지 크지 않다는 깊이도 알게 한다.

또한, 40년 된 음식점 부부. 50년 된 구두 수선, 옷 수선공 60년 된 농어민 등 외길의 내공으로 빛을 내는 인생 금메달 그 주인공들 앞에서 겸허히 허리 숙이게 한다. 벼 이삭의 영근 숙어짐처럼 우리들의 삶을 여물게 하며 사람에게서 나무 향이 풍겨 나오게 한다.

.

큰 스승

'세상을 뒤덮을 만한 생각의 정신 지도자'
큰 스승입니다.

몸을 입고 있는 영적 스승
감정이 실리는 냉정은 없다.
개인적인 목적은 갖지 않는다.
진리, 바르게 보는 냉철이 있다.
인류에게 봉사하는 데 헌신한다.
위대한 스승입니다.

이 세상에 수많은 사람들이 살다 가지만
풀 한 포기 벌레 한 마리 만든 적이 없다.
인간은 자연에 아무런 의미도 없다.
물소리가 옳고 그름에 시비가 있더냐?
빛의 종자들 육화한 존재의 말입니다.

때깔들이여
당신이 진정 지식인인가,

빛의 종자들이 본 당신은 직업인이다.

교학상장이다.

존중받을 생각 말라,

현상 유지 때깔들이여.

껍데기

일기는 그날의 일이나 느낌을 적는 기록이지만, 하루하루 마음의 때 벗기기는 스스로 알지 못하는 공허의 막을 걷어 내는 일깨움이다. 영혼의 본질을 찾는 신성, 불성, 본성의 깨어남이다. 매미가 껍질을 벗고 날아오르듯이 우리의 몸이 살아 있을 때 탈피된 자각으로 날아오르는 깨달음이다. 일기로 적는 데 그치는 게 아니라, 때 벗김으로 자기와 사물을 아는 것이다.

지금은 정신 문병 시대다. 참 행복은 밥벌이 공부 너머의 때 벗기기 공부에서 이루어진다. 마음의 때 벗기기 방법은 간단하다. 어디든 조용한 곳에 앉아서 눈앞에 가상의 블랙홀을 그려놓고 그 안으로 과거와 현재의 좋고 나쁜 모든 생각들, 추억과 그리움, 즐겁고 기쁘고 괴롭고 슬픈 마음을 모조리 집어넣어 버려버리는 것이다. 까먹고 잊어버린 생각들도 찾아내어 반복해서 계속 블랙홀에다 집어 넣어버리다 보면 껍질을 깨고 나온 알의 의미와 의미 잃은 삶에 질서가 잡힐 것이다. 생각으로, 지식으로, 상식으로 아는 게 아니라 마음의 때 벗기기를 스스로 갈구하고 문을 두드릴 때, 찾을 때 본질 가림의 껍데기를 걷어 내는 문이 열린다. 이보다 값진 삶의 희열은 없다.

그 자리에 가고 싶지 않은가? 삶의 궁극적 본질은 살아 있을 때 되어 있어야 한다.

모자람으로

　삶을 포용하고 또 포용하라. 세상을 흡수하고 또 흡수하라. 한 사람의 깨우침은 인류 전체의 힘보다 세다. 인연의 소통을 이룸과 관계의 이끎이 삶의 몫이고 값이다. 고착된 정서의 개념들로부터 깨어나라. 자연의 이치가 아닌 나의 잣대로 잘못 본 지난날의 나는 물질에 집착된 마음의 거지였다.

　이 세상에는 수많은 논리들이 있는데 잘 점검하고 깨고 부수며 넘어가고 또 점검하여 깨우치고 그렇게 모든 논리들을 다 깨고 더이상 깰 것이 없을 때 바른 자연의 이치를 알게 된다. 그렇게 나 자신을 부수어 두드려 깬 아픔을 씹어 삼켜 나아가면서 상념체를 벗었다. 그래도 늘 모자라다고 느끼며 오늘도 삶이라는 예술의 길을 걷고 있다. 빛나게 살 이념을 가지고 모자람을 채워가면서 늘 모자라는 그 모자람으로 길을 걷는다.

가족 그리고 집합체

혈육의 빚쟁이 고리로 연결되어 그 빚을 갚아나가는 관계가 가족
이다. 가족 앞에서 우리는 빚진 죄인이다. 가정은 성스러운 기도처
다. 자연이 우리에게 준 인연의 진짜 핏줄로 살자.

컴퓨터는 하늘이 기획하고 인간이 만든 인류 공동체의 집합체
다. 스마트폰은 인류의 소통을 바라는 하늘이 준 선물이다. 만유
인력은 상대성이론과 충돌하지 않는다. 자연은 인간과의 충돌을
원하지 않는다. 하늘이 인류의 손에 스마트폰을 준 이유를 알면 의
약품으로 죽음의 바이러스를 이길 수 없다는 것을 알 것이다.

진짜 얼굴

거울 속의 얼굴이 진짜 내 얼굴인가?
사진 속의 얼굴이 진짜 내 얼굴인가?
아니다.
불안정한 자아 너머의 얼굴이 진짜 내 얼굴이다.
나를 넘어서야 진짜 내 얼굴을 만난다.
그가 나임을 아는 삶은 쉽지도, 흔하지도 않다.
나를 넘어서지 않으면 내 얼굴의 진짜 나는 없다.
인기에 주목받는 부담스럽고 난감한
얼굴은 나를 벗어나 있다.
진짜 내 얼굴의 나는 또 다른 나를
사랑할 때 존재한다.

부자

내 것만 챙기는 인간은 가난하다.

물질을 잘 쓸 수 있는 사람이 부자다.

돈은 시렁 위의 떡이다.

보람 있게 나누어 먹자.

바르게 살면 돈은 절로 들어온다.

움켜쥔 돈은 죽어 없어질 육신의 일회용 음식이다.

나누는 돈은 사랑으로 남을 영혼의 일용한 양식이다.

돈밖에 의지할 곳이 없다면 이미 죽은 목숨이다.

모든 문물 이 세상에 내 것은 없다.

제 자

갈길 모르고 헤매는 사람의 앞길을 도우라,

내 앞에 한 사람의 갈 길을 열어줌이 배풂이다.

그는 우리의 스승이다.

꽃잎도 풀잎도 산새도 나무도 신호등도

우리의 스승이다.

세상이 다 우리의 스승이다.

우리는 세상에 늘 제자로 서야 한다.

삶을 틀어 나가며 지켜보라,

바른 그 깊이에 나는 없다.

언 땅에 내 맘대로 꽃을 피울 수는 없다.

자연만이 꽃을 피우게 한다.

지식이 아무리 머리를 치켜들어도 지혜에는 닿지 못한다.

제자는 대우주인 사람을 위하여

지금에 주어진 이 순간을 충실히 살아가며

새로이 걸을 뿐이다, 끝은 시작에 있고.

달빛 그림자

소나무 가지가 뭉텅뭉텅 잘려나간 산길에서 스승님의 달빛 그림자를 따라 걸으며 중얼거렸다.

"아이고, 소나무가 잘 살아가는 이 산비탈을 뭉개서 무슨 공원을 만든다는 말이고. 또 수작을 부리누마."

스승님이 돌아보시더니 나지막이 말씀하셨다.

"사람이 태어날 때 자연이 백지 한 장을 주는데, 먹칠만 하고 가는 도둑들이 많구나. 꾸중물통 속에 살면 세상 썩는 냄새를 모르제. 도회지 길을 걸을 때 화장품 냄새에서 썩는 내가 나더구나. 맑은 공기 속에 살면 바로 알제. 살이 썩는지 돈이 썩는지 똥이 썩는지도 모르는구나. 똥이 더럽다는 생각은 똑같은데 피해 가는 방법은 다 다르제. 코 막고 가고 침 뱉고 가고 헛구역질하고 욕하고 희죽거리고 뛰고 덮고 마묻고 절하고 가고 밟고 가고 걷어차다 똥칠하고…. 욕심으로 토해놓은 음식은 더럽지만 똥은 소화시킨 사물이니라. 노야, 먹고 숨 쉬며 세상에 널린 지식과 음식으로 똥을 만들거라. 지혜도 똥에서 나오니라. 먹음은 살아가는 증거, 숨 쉼은 살아 있는 증거, 똥을 만들라는 자연의 가르침에 감사 드리거라. 사람은 풀잎이고 해초류니라. 아침이슬 받아먹고 소금기로 사느니라. 사물을 알거라, 참 행복과 즐거움은 자연으로부터 깃드느니라.

수많은 사람이 돈을 좇아 돈 따라 다니다가 돈에 깔려 죽느니라. 서울 사람에게 물어보거라. 하루라도 당신의 인생을 살았느냐고, 대저 자기 인생도 없이 돈, 벼슬, 욕심에 경쟁하고 끄집어 내리려다가 병들어 살았던 흔적도 없이 사라지니라. 가여우나 구제할 길이 없구나. 큰 나무가 되려고 다투지 말거라. 놓고 가거라. 가져가도 별거 없다. 대궐 같은 집에 살아도 곡소리가 끊임없고 움막에 살아도 웃음소리가 복을 부르니라. 사람 사는 이치를 모르면 살아도 열어 놓은 관 뚜껑이니라."

나는 다시 중얼거렸다.

"관 뚜껑, 관 뚜껑, 먹칠, 똥칠, 똥칠, 먹칠 관 뚜껑, 먹칠, 똥…."

천지개벽

대부분의 깨달음은 일상의 움직임 속에서다. 중요한 건 깨달음이 가져오는 나의 나아감이다. 내 욕심과 욕망의 헛된 기도는 구원이 아니다. 자신을 위한 기도는 죽어 없어진다. 기도는 내가 아닌 남을 위한 사랑이다. 삶의 가장 큰 의미는 섬김의 행복이다. 삶은 섬김의 빛이다.

건축물과 산을 불태우는 한 사람의 경악할 악행은 일시적이지만 한 사람의 보이지 않는 선행은 엄청난 천지개벽이다. 내 위주에서 상대 위주로 사회를 위하여 멋진 세상 만듦이 천지개벽이다. 한사람인 당신은 천지개벽의 깃발이다.

우리는 배웠다

우리는 알았다.
죽음의 바이러스에 마스크로 가려진 반쪽 얼굴은
제대로 된 사람의 꼴이 아님을.

우리는 보았다.
자연 속에서 자유롭게 숨 쉬며 마음껏 뛰어놀지
못하는 아이들의 불안한 눈동자를.

우리는 느꼈다.
그대로 여야 할 자연이 인간에게 경고하는
어마무시한 재앙의 끝 모를 수렁을.

우리는 배웠다.
먹고 자고 눈만 뜨면 끝없이 욕망을 채우려는
그 너머에 참된 길의 행복한 낙원이 있음을.

빗장

밀도가 차서 구름이 비가 된다.

지금은 밀도가 차서 터지는 깨달음의 인본 시대다.

가치 없는 테두리에 갇힌 백성이 빗장을 깨고 나온다.

진정한 무소유는 가짐의 관리, 그 밀도의 문리다.

어떻게 살아가느냐에 따라서 껍질과 알맹이의

천지 공사가 이루어진다.

인류의 이윤과 성장에 앞서서 대자연의

질서를 따름이 생존의 답이다.

바른 정신은 독을 이긴다.

도태되면 서로가 어렵다.

즐거운 세상 함께 만들어 가자.

영혼의 질량

미생물에 쓰러지는 존재여
비물질이 물질을 운용한다.
자연의 이치로 새로이 배우라.
자연이 운영하는 세상은 수천 년 동안 묶여온
인간의 상식에 바이러스로 메시지를 던진다.
숨죽이며 돌아보라.
영혼의 상처가 깊으면 나쁜 피가
세포를 죽인다.
영혼은 비물질이다.
영혼의 질량을 높여라.
상승시킨 영혼의 질량을 갖추어라.
인류여, 얼마나 더 부서져야 하는가?
얼마나 더 파멸의 끝으로 가야 하는가?

하나 되기

대자연의 메시지를 들으라.
바위산을 무엇이 바치더냐?
지식은 인류 희생의 산물이다.
하늘이 보낸 죽음의 바이러스는
사회를 일깨우는 교과서다.
인류가 하나 됨의 사랑 안에 있을 때
지구의 재앙에서 벗어난다.
마음부터 진단하자.
양심은 영혼의 소리다.
기적은 영혼에서 온다.

인류의 연구소

대자연의 민족 수난의 삼천리 폐허 위에

인류의 모든 문물을 흡수하게 했다.

이는 하늘의 각본이다.

인류가 갖지 못한 온갖 기술과 재주를

가진 세계 유일의 우리나라 민족이다.

이 땅은 인류의 연구소다.

민족이여, 누구도 미워 말라.

자연은 평화의 민족을 좋아한다.

우리 민족은 전 세계인의 정신적 지도 국가이다.

각자의 나에게 맞게끔 행하라.

전 세계인이 받들어 존경받을 민족이여.

수행자

　수행자여, 논리에 먹히고 막히고 갇히면 수행은 끝장이다. 수행은 계산이 아니다. 수행은 모순을 씻는 것이다. 남을 덕 되게 존중함이 수행이다. 대자연은 악용을 반드시 거두어 간다. 사람을 우롱하지 마라. 신통, 방통, 영통, 기통은 재주일 뿐이다.
　수행자여, 만백성의 피와 땀 그 희생의 눈물 앞에 너는 없다.

숨

성인이 마셨고 온 인류가 마시는 공기

공기는 숨이다.

숨이 고르면 마음도 고르다.

뭘 배웠기에 소란을 피우는가?

본 마음은 움직임이 없다.

오직 고른 숨만이 있다.

숨은 진리다. 진리는 생각이 없어 단순하다.

숨 쉬는 그대여,

세상을 맑게 하라.

성인은 세상을 있는 그대로 받아들인다.

인류는 하나의 존재다.

진리는 영혼의 양식이다.

진리는 우리 안에 있다.

있는 그대로

꽃은 피고
물은 흐르고
생명체는 숨 쉬고….
있는 그대로의 진리를
어찌 생각으로 찾습니까?

졸리면 잠
배고프면 밥
추우면 옷

태어나면서 다 가진 당신은
있는 그대로의 진리입니다.

벗

저 멀리의 한 점에서
사랑으로 다가오는 벗을 바라다본다.
점, 위치는 있으나 크기는 없다.
당신은 점이다.
사랑, 그 한 점의 벗이다.

강변 움막

    고택에서 정자로 여행 길목 강변에서 참 아름다운 사람을 만났습니다. 강변 자갈밭에 물새 알 닮은 움막을 짓고 낚시를 하는 그 사람은 오십 대 초반의 대장암 환우였습니다. 본인의 의지로는 용변 조절이 어려워서 아무 일도 제대로 할 수 없다고 했습니다.

    그는 암의 유전 요인보다는 유달리 육식을 선호했던 편식이 대장암 발병의 원인이라 여겼습니다. 그는 내가 건네준 사과를 한입 크게 베어 먹으며 세월 낚시 십 년의 가르침을 펼치기 시작했습니다. 도시에서 바쁘게 살 때는 좋아하는 낚시를 딱 한 달간만이라도 실컷 해보고 싶었는데, 이렇게 몹쓸 병이 들고 보니 십 년째 낚시를 하고 있다며 빙그레 웃었습니다.

    강에서는 붕어, 잉어, 장어, 가물치, 누치, 메기, 쏘가리, 자라 등이 다양하게 잡히는데, 작은 물고기는 살려주고 대어만을 골라서 잡는다고 했습니다.

    움막 옆에는 큼지막한 무쇠솥이 놓여 있었습니다. 잡은 대어는 그 누구에게도 팔지 않는다고 했습니다. 가마솥에 푹 고아서 강변 마을 사람들과 나누어 먹기도 하고, 지나가던 길손이 심심찮게 들르면 대접하기도 한다고 했습니다. 햇볕 좋은 날이면 잡은 대어를 강바람에 바짝 말리기도 한다고 했습니다.

더러 가슴 시린 사연을 풀어헤치며 선약을 부탁해오는 사람들과 그런 아픔으로 오늘을 살아가는 힘겨운 길손들에게는 대어를 그냥 선물로 드린다고 했습니다. 대어를 선물로 받아간 사람들은 몹시 아픈 환우들의 가족이거나 가난한 산모라고 했습니다.

세상이 좋아지다 보니 동영상이 대어 선물 결정에 도움을 주기도 하지만, 그 무엇보다도 효성과 진실성이 우선이라고 했습니다. 예전에는 힘들게 잡아서 그물망에 넣어둔 대어를 자주 수달에게 빼앗기는 통에 선약 부탁을 제대로 들어줄 수가 없어서 들떴던 마음이 착 가라앉곤 했었는데, 지금은 강철 망이 있어서 꿈에서도 안심이라고 했습니다. 고맙게도 그 강철 어망은, 대어를 선물 받아간 인심 좋은 길손 한 분이 수달의 등쌀에 선잠 깰 날들이 안타깝다면서 특수 제작한 강철 어망을 트럭에 싣고 와서 선물한 것이라고 했습니다.

그분의 아내도 몹시 아파서 경황이 없을 터인데, 성가신 수달을 피하는 큰 고민을 해결해주어서 너무도 고맙다고 했습니다. 제자리를 잡고 강물에 들어앉은 강철 어망을 보며 흡족한 너털웃음만을 남긴 채 훌쩍 떠난 그분이 언제 다시 오실는지 모르지만, 땅에 오른 대어를 볼 때면 문득문득 연락처마저 남기지 않은 그분이 그리워진다고 했습니다. 인연이란 그런 것 같다고 했습니다. 10년을 만났어도 금방 잊히는 사람이 있는가 하면, 10분을 만났어도 평생토록 기억될 아름다운 사람이 있다고 했습니다.

아프고 가난한 사람들이 행복해할 미소를 떠올리며 낚시를 하고, 대어를 선물한다는 것이 얼마나 큰 기쁨인지를 건강할 때는 미처 몰랐다고 했습니다. 또 다른 대어를 꿈꾸며, 그런 분들과의 박꽃 같은 만남을 기다린다는 것이 또 얼마나 즐거운 일상인지도 알았다고 했습니다. 땅에 오른 대어도 아름다운 사람들의 건강 회복을 위해 기꺼이 제 한 몸 값지게 생명을 바칠 거라고 했습니다.

그래서 그는 대어를 안으면, 심마니가 산삼 앞에서 큰절을 올리듯이, 땅에 오른 대어에게 조용히 허리를 숙인다고 했습니다. 그러고 나면 대어의 맑은 눈에 서렸던 충혈된 원망의 빛이 가신다고 했습니다. 대어는, 탐욕의 침을 삼키며 마구잡이로 잡으면 벌 받는다고 했습니다. 말 못하는 생물이지만 땅에 오른 어떤 대어는 새 생명을 잉태한 산모에게 제 한 몸이 고스란히 바쳐지기를 바랄지도 모른다고 했습니다. 사람의 목숨이 소중하듯, 대어의 목숨도 중하다고 했습니다.

그는 대어 낚시를 통해 삶을 승화시키려는 한 마리 나비가 되기 위해서 지금 부화 중인지도 모른다고 했습니다. 나비가 되든, 잠자리가 되든, 여치가 되든, 매미가 되든, 훨훨 나는 새가 되든 우리는 하늘의 길을 열어가는 알 깨기를 통해서 제각기 날개를 가져야 한다고 했습니다.

그리해서 어떤 환경에서도 본질 그대로의 맛이 변함없는 진리의 소금이 되어야 한다고 했습니다. 그것이 제일 잘 사는 것이라고 했습니다. 배꼽에 힘주는, 뻣뻣한 부자로 산다는 것은 그림자라서 세 살 아이에게도 밟힌다고 했습니다. 해가 지면 그림자가 사라지듯이, 그 재물은 일순간에 사그라지는 물거품이라고 했습니다. 대어를 선물 받아간 사람들은 감사의 뜻으로 쌀과 장작을 가져오고, 빵, 라면, 국수, 밀가루도 가져온다고 했습니다.

그뿐만이 아니라 채소, 과일부터 소금, 들기름, 마늘, 고춧가루, 밑반찬에 생활용품과 옷가지, 책, 과자, 낚시 도구 등 나름대로 챙겨서 온갖 것들을 가져다준다고 했습니다. 어떤 분들은 대어를 달여 먹고 건강이 좋아졌다면서 극구 사양을 해도 감사 글을 적은 돈 봉투를 몰래 두고 가기도 한다고 했습니다.

심지어 정확한 주소도 없는 강변 움막으로 예쁜 엽서와 소포 꾸러미 택배가 오기도 한다고 했습니다. 이제는 우체부, 택배 아저씨가 와도 곰국을 나누어 먹는 살가운 이웃이 되었다고 했습니다. 간혹 우체부, 택배 아저씨의 정보로 근방 사람들의 가슴 아린 사연을 접하게 되면 두말없이 한 번 본 적 없는 그분들에게 대어 즉석 택배로의 선물 제안을 하기도 한다고 했습니다.

군이 따지지 않더라도 우리 모두는 알게 모르게 우체부, 택배 아저씨의 도움을 받고 살아가는 은혜를, 한 잔의 물로라도 갚아야 한다며, 두 팔 벌려 큰 가슴을 열고 보면 이 세상에 남은 없다고 했습니다.

세상이 아무리 변해도 열린 가슴으로 가는 길에 껴안지 못할 현실은 없다고 했습니다. 대장암에 걸린 덕으로, 착한 아내를 만난 덕으로, 협곡이 없는 자갈 강변 덕으로, 맑은 강물 덕으로 위기에 맞닥뜨린 암 투병 생활의 물길을 대어 낚시의 물길로 돌려서 십 년 간이나 취미 생활을 즐기며 월척 대물의 꿈을 원 없이 이루었을 뿐인데, 강변 마을 사람들은 오랜 이웃이 되어 싱싱한 무공해 채소와 산나물을 가지고 놀러 오고, 그것도 모자라서 강변 한쪽에 간이 화장실까지 아담하게 만들어주었다고 했습니다.

이제는 지나치던 길손도 친구가 되어 찾아오는가 하면 대어 선물이 먼 데까지 소문이 났는지 알음알음 찾아오는 분들의 애타는 사연을 듣고 인연을 맺기도 한다고 했습니다. 대어가 환우 분과 산모님에게 얼마나 몸보신이 되고 보약이 되는지는 잘 모르지만, 대어의 혜택을 제일 많이 받는 사람은 자기 자신이라고 했습니다.

오십 년 넘게 산중 생활을 하는 두건 쓴 노인은 계절이 바뀔 때마다 약초와 약재 봇짐을 메고 찾아와 대어와 바꿔 가는데, 일 년에 두 번은 말린 대어에 비해 엄청 귀하고 비싼 약재 뭉텅이를 선물로 주고 가신다고 했습니다.

산신령 같은 그 두건 노인의 덕으로 그리고 길손 인연인 약탕집 주인의 배려로 한약을 달여 먹고 힘을 더 낸다고 했습니다. 몇 년 전부터는 암에 걸려 움막에 혼자 있어도 외롭고 두렵기는커녕 날마다 즐겁다고 했습니다. 동이 트는 새벽녘에는 경쾌하게 지저귀는 새들의 합창이 곁에 있어서 좋고, 저녁노을 지는 강변에는 지천으로 피어나는 꽃들의 향연이 있어서 좋다고 했습니다.

착하게 살아온 것이 전부인데 왜 이토록 고통스러운 암의 시련이 계속 따라붙는 거냐며 하늘을 원망하고, 태어난 것을 비관도 했지만, 지금은 나고 죽는 것에 미련을 두지 않는다고 했습니다. 오늘을 행복하게 살다가 죽으면 잘살다 돌아가는 것이라고 했습니다. 그러기 위해서는 마음속의 보물을 찾아야 한다고 했습니다. 그 보물인 본성을 찾지 못하면 인간으로 태어나서 온전히 행복할 수 없기 때문이라고 했습니다.

그가 십 년 동안 낚시를 해오면서 슬퍼서 울었던 날들이 있는데, 그것은 강변 낚시터에서 인연 지어진 두 명의 동료 환우를 암으로 떠나보낼 때였다고 했습니다. 일 년 중에 겨울 혹한기 두 달 정도는 집으로 가서 아내가 정성 들여 해주는 밥을 먹고, 온돌방에서 편한 잠을 자는데도 움막으로 돌아갈 날을 자주 기다리게 되더라고 했습니다.

그는 아내를 그리며 눈시울을 붉혔습니다. 십 년 전 어느 날 밤에 화장실에서 나오는데, 거실에서 서성이던 아내가 느닷없이 하는 말이 "젊은 사람이 병들었다고 집에서 먹고 자고 하릴없이 똥만 싸지 말고, 자연 치유법에 몸을 맡겨 봐라." 라고 권유하며 강변 움막을 선물한 것이라고 했습니다.

건강을 되찾는다면 하늘의 축복에 감사드리며 더욱 가치 있는 삶을 영위하고 싶으나 도무지 모를 내일이라 했습니다. 사랑하는 아내와 자식에게는 미안한 일이지만 사는 날까지 강변 움막에서 행복하게 살다가 죽으면 화장을 해서 고기밥으로 강물에 뿌려주라고 부탁을 했다면서 고개를 떨구었습니다. 그리고 마지막 소망이랄 것도 없지만, 지극히 소박한 작은 바람이 하나 있다면 그것은 자신이 암을 극복하지 못하고 만약에 조금 일찍 이 세상을 떠나더라도, 희망의 불씨를 지피는 또 다른 누군가가 강변으로 찾아와서 무너진 움막을 다시 고쳐 짓고 행복하게 살다가 갔으면 좋겠다고 했습니다.

　암을 이기고 지는 것은 나중의 일이라고 했습니다. 비록 암과의 사투 속에서 몸부림칠지라도 내가 머무는 이 순간이 삶의 중심이며 늘 새로운 출발점이라고 했습니다. 간단한 순리이지만, 자신을 먹어치운 환경과 사물에 집착을 놓아야 행복하다고 했습니다. 마음가짐을 어떻게 갖느냐에 따라서 세상이 달라진다고 했습니다. 세상은 마음먹기에 따라 달라지기에 마음이 곧 신이라고 했습니다.

　오늘 행복해하는 만큼 약 냄새는 조금씩 멀어지고, 오늘 행복해지는 만큼 사람의 향기가 풍겨 나오면서 곁에 머무는 모든 것들이 아름답게 느껴질 거라고 했습니다. 모든 환우 분들이 고통과 시련 속에서, 언제 죽을지도 모른다는 공포감에서 벗어나 목숨이 다하는 그 날까지 진정으로 행복한 오늘의 소중한 시간을 맞이했으면 좋겠다고 했습니다. 그 장소가 관속이 아닌 이상 다리 밑의 변변찮

은 움막일지라도, 넉넉잖은 병실의 한구석일지라도,

 내가 맑고 깨끗하면 그곳이 명당이라고 했습니다. 더운 목숨으로 살아 있음에, 입에 한세상 떠 넣으며 숨 쉬고 있음에, 사랑의 향기를 느낄 수 있음에, 사람의 향기에 취할 수 있는 시간이 있음에, 아직도 늦지 않음에 감사해야 한다고 했습니다. 죽음 또한 삶에 존재하는 아름다운 빛이어야 한다고 했습니다. 우리가 마시는 물도, 삼키는 음식도 영혼의 뿌리에 주는 거름이어야 한다고 했습니다. 하늘길 열어가는 영혼의 밑거름이어야 한다고 했습니다. 대자연 자체가 스스로 있는 천지 기운이기에 영원불변으로 살아 있는 무한대 우주에서 우리가 사람으로 태어나서 저절로 우주와 하나 되어 살아 있음에 감사해야 한다고 했습니다.

 그의 입가에 잔잔한 미소가 흐르고 있었습니다. 침묵이 흐르고, 강물이 흐르고, 나도 따라 흘렀습니다. 그는 더 이상 아무 말도 하지 않은 채로 강변의 한 곳을 응시하고 있었습니다. 그곳에는 휘영청 밝은 달빛을 머금고 피어난 무리 진 달맞이꽃이 노랑나비 떼인양 산들바람에 하늘거리고 있었습니다.

가져갈 게 뭐 있다고

응애….
태어났을 뿐.
모든 것은 잠시 빌려 쓰고
겸손한 마음으로
감사한 마음으로
돌아가는 것뿐.

마음의 때

몸에 때는 깨끗이 씻으면서 마음에 때는 왜 깨끗이 씻지 않을까요? 몸에 낀 때를 씻어내듯이 잠들기 전에 3분 정도 집중해서 자신을 돌아보는 명상으로 매일매일 마음에 낀 때를 씻어내면 참 행복합니다.

마음에 때가 낀 채로는 온전한 소통은 없습니다. 그런 줄도 잊은 채로 자꾸자꾸 마음에 댐을 쌓지만, 순리의 수압에 결국 댐은 터지며 그 피해는 고스란히 자신의 몫입니다. 부디, 마음에 댐을 쌓지 말고 마음에 때를 씻어내시길…. 마음에 때를 씻지 않고 신전에서 골백번 기도하고 절을 해도 웃기지 말라며 신은 눈썹 하나 까딱하지 않을 테니까요. 돌아서면 신의 음성이 들립니다.

"좀 잘하고 와라."

집구석이 어때서요

"어이구, 저 원수."
"내가 미쳤지!"

어쩌다가 퍽씨 집구석에 시집오고
저쩌다가 팍씨 집구석에 장가가서
이날 이때까지 이 모냥 이 꼬라지에
고생 고생에 이러쿵저러쿵 툴툴거리지 마세요.
내 인생 행복해지자고 선택한 그 인간인데
누구더러 뭘 어쩌라고요.
누구를 탓하고 원망할 결정은 안 해야지요.
인제 와서 누굴 탓하고 원망하세요.
다 내 탓이니 푸념일랑 거두세요.
왜 자꾸 죄 없는 집안을 들먹이세요?
집안 타령한다고 밥이 되나요, 죽이 되나요?
퍽 씨 팍 씨 집안은 아무 죄가 없는 거라고요.
집구석이 뭐 어때서요?
물어뜯기고 싶어요? '앙-'

운전

운전하는 사람들 모두가 도로 위의 주인입니다.
긴 세월 얼마나 힘들게 공든 탑을 쌓으며
오늘에 이르렀습니까.
쾅–

건강과 공든 탑을 단 몇 초와 바꿔버리고
허무하고 억울해서 어떻게 살아갑니까.
도로 위에서 남이 어디 있습니까?
정녕 당신이 교통사고로 죽어야
핏대 세워 삿대질할 일 없는 것입니까?
차주 모두가 도로 위의 주인입니다.
제발, 당신만이 주인인 양 나대지 마시길….

생활의 도

짝 찾으려고 애태우네요.
그리해놓고서…
다시 태어나면 다른 사람 만날 거라구요?
옴마….
어디 별 인간 따로 있나요?
살다 보면 알랑가요?

그 인간 만나서 내 인생 먼지투성이라고
덮어씌우지 마세요.
그 인간 만난 덕에 내 인생 도 닦는다고 여기고
마음 다독여서 사는 것이 상책이지요.

쇠숟가락으로 밥 떠먹고 사는 사람이
마음속에 쇠기둥은 못 세울망정
나무기둥 하나쯤은 못 세울까요.

하늘로 머리 두고 사는 사람이
부부의 도 하나쯤 못 틔울까요.

세우자, 기둥.

틔우자, 도.

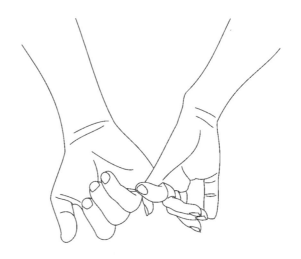

찌꺼기

뷔페에 들어섰습니다.

먹는 즐거움을 어찌 탓하겠습니까마는

많은 사람이 먹고 또 먹고 빈 접시에 또 담아다 먹습니다.

여지없이 그 먹성에 질립니다.

위가 늘어날 텐데….

여러 가지 음식을 한꺼번에 배 터지게 먹으면

놀란 위장은 후유증을 남길 것입니다.

배 속의 더부룩함 뒤에는 소화를 다 못 시킨 노폐물

찌꺼기가 주름이 많은 장벽에 세균이 되어 달라붙어서

종래에는 암세포나 종양의 발병을 초래할 것입니다.

지금은 맛있게 먹어서 흐뭇하겠지만 나중에

병원에서 흐뭇할 수야 없지 않겠습니까.

음식값보다 배 터지게 병원비 낼 수야 없지 않겠습니까.

음식값, 병원비 다 낼 작정이라면 더 이상

할 말은 없습니다.

음 식

자연이 키워낸 식물은 사람에게 최상의 먹거리를 제공합니다. 흙은 순박하고 무질서도 없고 거짓도 없기 때문입니다. 하지만 사람이 키워낸 동물에는 대부분 독이 들어있습니다. 돈을 벌기 위해서 동물에게 성장촉진제, 항생제, 살충제, 제초제, 신경안정제, 호르몬제 등을 가차 없이 사용하고 먹이기도 하기 때문입니다.

우리는 이미 화학물질에 범벅되어 암에 걸리고 폐렴에 걸린 육류를 먹고 있는 셈입니다. 물론 육류를 지나치게 선호하지 않는다면 몸속의 독소와 노폐물을 대소변과 땀이 걸러내겠지만, 발암성의 문제는 여전히 심각합니다. 그러니 암이 활개를 칩니다. 늘 살펴서 건강을 지킬 일입니다.

가공식품

시장에다 막 쏟아붓습니다.

산화방지제, 탈색제, 발색제, 착색제, 보조제 등을

넣어서 이미 죽어버린 음식이 가공식품입니다.

환상적인 맛의 화학조미료와 환상적인

식품첨가물 덩어리가 판을 치는 세상입니다.

그래서 각종 내장병과 피부병이 설칩니다.

가공식품은 태아에게도 영향을 미칠 것입니다.

잘못된 식습관에 병들어 가족의 등골을 파먹고

허리 휘게 하지 않으려면 동물성 식품과 가공식품을 경계할 일

입니다.

손쉽다고 마음 내키는 대로 씹어 삼킬 일이 아닙니다.

죽어버린 음식이 사람들을 죽이는 음식 전쟁입니다.

우리는 지금 음식 전쟁 중입니다.

부디 황혼의 이름으로 건강하게 살아남으시길…

살찐다면

늦은 밤에 음식물을 섭취하면 살이 찝니다.
살이 찐다는 것은 15kg의 배낭을 메고 종일
쉬지 않고 등산하는 것과 같습니다.
얼마나 숨이 차겠습니까?
숨이 차면 병이 옵니다.
심신을 편안하게 하려면 늦은 밤에는
위장을 비워둘 일입니다.
위장도 쉬어야 삽니다.

집 밥

먹고 싶다.
마음 놓고 먹고 싶다.
어머니의 된장국이 그립다.
아버지가 즐겨 드시던 산나물 비빔밥이 그립다.

절반의 병은 마음에서 오고
절반의 병은 음식에서 온다는 것을
되새겨본다.

장애의 벽

장애인의 고충과 고통은 직접 장애를 겪지 않은
사람은 헤아리기 어렵습니다.
당사자의 그 심정은 이루 말로 다 표현 못 합니다.
하지만
진짜 장애인은 따로 있습니다.
스스로 장애를 극복하지 않는 사람입니다.
장애인보다 더한 비장애인도 많습니다.
자신을 이겨내지 못한다면 행복을 누릴
자격이 없는 사람입니다.
남의 시선보다 마음 장애의 벽을 헐어내는
일에서부터 신세계의 행복이 시작됩니다.
측은지심의 위로 따위가 행복에 보탬이나 됩니까?
자신을 이겨서 진짜 장애 너머의 신세계 들판에서
자유로워지십시오.
누가 뭐래도 당신은 자유로울 권리가 있습니다.
권리 위에서 낮잠 자면 밥도 굶어야 합니다.
당신은 자유로운 사람입니다.

자식의 정답

부모의 어리석음은 자식을 자랑거리로 삼으려는 욕심입니다. 자식이 원하는 것이 무엇인지 모르는 부모의 생각이 정답입니까? 강요하지 마십시오. 자식은 내가 아닙니다. 부모 되어 자식을 가르치는 것보다 보여주는 것이 중요합니다.

보여주는 것은 가르치는 것보다 뿌리가 깊습니다. 뿌리 내림이 자식의 생활 속을 파고들기 때문입니다. 바르게 살아가는 모습을 자식에게 보여준다면 훗날 자식이 정답을 내밀 것입니다.

아버지, 어머니, 낳아주셔서 감사합니다. 바르게 자라도록 보여주셔서 더욱 감사합니다. 사랑합니다.

층간 소음

층간 소음의 원인은 치매 걸린 부모였습니다.

치매에 걸린 노인이 무슨 죄가 있겠습니까.

철이 안 들어 날뛰는 아이들과 같은 이치입니다.

각박한 세상이라 옆집에 노인이 죽어도 모른다지만

왜들 이러십니까?

이웃과 인사부터 나누십시오.

이웃과 음식부터 나누십시오.

비 오는 날 부침개 나누어 먹기 좋지 않습니까?

철 따라 나오는 푸성귀도 좋고 과일도 좋겠습니다.

평생 문을 걸어 잠그고 살 겁니까?

잘 지내자는데 누가 싫어합니까?

마음부터 열어야지 달리 문을 어찌 열려고 합니까?

먼저 다가가면 될 일을….

한발 먼저 다가서면 웃고 지낼 일을….

층간 소음 2

아버지는 치매를 앓다가 세상을 떠나셨습니다.
살아계실 때 식사 시간이면 헛보이는 벌레를 잡는다며
밥상을 사정없이 숟가락으로 내려치고 또 내려치는 통에
층간 소음을 유발해서 진땀이 났습니다.
쿵쿵거리며 거실을 돌아다녀서 혼쭐이 났습니다.
온 가족이 참으로 애 많이 태웠습니다.

부모님이 살아계실 때 이웃은 고맙게도 층간 소음을
이해해주었습니다.
크려고 날뛰는 아이들도 예뻐하며 이웃은 두말없이
기다려주었습니다.

나는 지금도 그 고마움을 잊을 수가 없어서
퇴근길에 가끔 과일 봉지를 이웃집 현관 앞에 놓아둡니다.
고맙다는 말 대신에 '좋은 이웃'이라고 쓴 쪽지와 함께

사람 사는 집에 이런저런 소리가 나기 마련입니다.
사람 사는 집에 사람이 이리저리 움직이기 마련입니다.

아래 위층이 빈집이라면 을씨년스럽습니다.

그런 아파트라면 이사 갔을 것입니다.

층간 소음이 있어도 사람 사는 아파트에 살고 싶습니다.

현장 체험 학습

돈을 귀하게 쓸 줄 모르는 중학생 아들과 함께
농번기에 일손이 부족한 고향 친구네 밭에서
종일 땡볕에서 들일 아르바이트를 했다.
자녀 교육 사정을 듣고 난 친구가 아들을 호되게
부려먹었다.
아들의 표정을 보아하니 내심 피로함이 역력했다.
아들에게 넌지시 물었다.
"돈 버는 게 쉬울까? 공부하는 게 쉬울까?"
아들은 묵묵부답이었다.
들일을 마치고 집으로 오는 길에서 아들이 뜬금없이 말했다.
아빠 돈 아껴 쓰란다.
오늘 종일 번 돈으로 가족 외식 한 번 하면 땡이란다.
아깝단다.
오늘 번 돈은 저금할 거란다.

아들을 덜렁 업어주었다.
돈 아껴 쓰라고 윽박지르지 않아도
공부하라고 닦달하지 않아도

아들은 오늘의 현장 체험 학습을
가슴에 새기며 성장해갈 것이다.
천변의 바람이 참 시원한 저녁이다.

후배

술잔을 건네는 후배 손이 무척 거칠었습니다. 사업 실패로 빚쟁이를 피해서 도망도 다녀보고, 술에 쩔어도 보고, 사기꾼을 찾아 헤매기도 했다네요. 밤낮없이 빚 독촉에 가슴은 쿵쿵거리고 불면증이 오고 건강은 나빠지고 희망이 없이 막막해서 죽고 싶더라네요.

이렇게 살아서 뭐하나 싶어 승용차를 몰고 예전에 드라이브를 즐겼던 한적한 도로로 갔다네요. 벼랑에 처박혀 죽든지 강물에 처박혀 죽든지 핸들에서 손을 뗀 채로 가속 페달을 밟으려는 순간에 전화벨이 울리더라네요.

"밥 먹자, 아들아."

정신이 번쩍 드는 어머니의 목소리에 자신도 모르게 브레이크를 밟고 있더라네요.

"살자, 살아서 먹고 힘내보자!"

어떻게든 살아보려고 라면 냄비에 얼굴을 처박고 꺼이꺼이 흐느껴 울던 날들이 스치더라네요. 절망 속의 현실이 고통스러웠지만, 다시 살면서 느낀 게 많았다네요. 배고픈 것이 세상에서 제일 무서운 것인 줄도 알았고, 더 가지려는 욕심이 화를 부르고 죽음도 부를 수 있다는 것을 뼈저리게 깨달았다네요. 그렇게 모진 세월이 흐르고 잠자는 시간을 쪼개가며 억척스럽게 살아온 보람으로 지금은 자리를 잡아서 가족이 오순도순 행복하다네요. 술자리를 털고 일어서면서 후배가 힘주어 말하네요.

"삭힌 홍어만 맛있는 게 아니라구요. 세상살이도 삭혀야 살맛 난다구요. 안 삭히면 속 썩어 죽어갈 수밖에요. 죽는 거요,

그거 아무나 못 죽어요. 죽을 운이 앞서면 높은 곳도 낮게 보이고 깊은 물도 얕게 보이는 거라구요. 사는 거요, 딴 거 없어요. 큰 욕심 안 내고 마음 편하게 사는 거라구요."

거나하게 취해서 비틀비틀 걸어도 후배 모습은 당당하고 아름다워 보였습니다.

한 판 놀자

"오늘은 어디로 놀러 가볼까?"

쉬는 날이면 가끔 무작정 집을 나서고 봅니다. 딱히 정해진 목적지를 두고 떠나는 놀이는 아닙니다. 누구 아는 사람을 찾아서 떠나는 놀이도 아닙니다. 해안길을 따라 어촌항으로 떠나보면 시끌벅적한 축제에 별미까지 곁들이는 놀이입니다. 대하, 주꾸미, 꽃게, 홍게, 문어, 낙지, 도다리, 전어, 해삼, 멍게… 한동안 고생한 나를 위한, 나의 축제 놀이입니다. 농촌으로 놀이를 떠날 때면 한적한 지방 도로를 달리다가 산세가 마음에 드는 마을이 있으면 무작정 들어섭니다. 그리고 가까이 보이는 농부의 일터를 찾아가서 무슨 일이든지 시키는 대로 거들며 놉니다.

가는 날이 시골 장날이면 그날 오후의 놀이는 더 재미있습니다. 동네 연장자 몇 분 모시고 시골 장에 가서 먹거리를 즐기며 놉니다. 호주머니 내 돈 몇 푼에 죽고 사는 놀이가 아닙니다. 놀이의 인연은 사람의 향기를 그리워하게 합니다. 특히, 가을걷이 놀이를 한두 해 거르면 동네 어르신의 재촉 전화가 옵니다, 한 판 놀자고…, 재미없이 나 죽고 나면 놀러 올 거냐고…, 한 판 놀다 가라고…, 놀고 갈 때는 햅쌀도 가져가고 무, 배추, 감자, 고구마도 가져가라고 감도 있고 콩도 있고 시래기도 있다고….

집으로 돌아오는 길에 정이 담긴 농산물이 차 안에 가득합니다. 작
년부터는 아예 고기랑 술이랑 준비해서 달려가는 정든 놀이입니다.

어머니

한 여름날 시골집 마당 한편의 수돗가에서 연로한 어머니의 등물을 치면서 애잔한 손길로 어머니의 축 늘어진 젖무덤을 살며시 만지며 넌지시 물었습니다.

"어머니 이것이 무엇입니까?"

망설임 없는 어머니의 대답이었습니다.

"너거들 먹고 남은 나머지."

목구멍이 싸하면서 눈물 한 방울이 어머니의 등에 떨어졌습니다. 음식도 어린 자식이 먹고 남은 나머지를 드시더니 자식 먹여 키운 젖가슴마저 이제 나머지로 남은 것입니까? 먹먹했습니다. 할 말을 잊었습니다. 그날 저녁에 정성껏 삼계탕을 끓여서 어머니께 드렸습니다. 가을 여행 가려고 아껴 모아온 돈으로 어머니를 위해서 어떻게 써야 할지 코끝이 찡합니다.

어머니, 우리 어머니….

핏 줄

누나도 동생과 함께 컸습니다.

형도 동생과 함께 컸습니다.

언니도 동생과 함께 컸습니다.

오빠도 동생과 함께 컸습니다.

형제자매가 함께 산다는 것이 소중할 뿐이지 울고불고 지지고 볶고 하는 것은 곁가지입니다. 필요 없는 곁가지는 잘라내도 무방합니다. 한 핏줄로 태어난 것도 행운이고 실력입니다. 한 핏줄로 한세상 살면서 재물이 있고 없고는 한낮에 그늘을 드리우는 나뭇잎의 차이입니다. 같은 핏줄로 태어난 자체가 행복한 인생의 절반을 차지합니다.

그런데도 무슨 욕심의 억하심정으로 핏줄을 샅샅이 짓밟아 뭉개버리고 싶어 발모가지가 근질거립니까? 그러고도 사람입니까? 인두겁을 쓴 짐승이지! 참 지랄 육갑하고 자빠졌습니다. 억지로 핏줄이 끊어집니까? 당신이 비명횡사해도 핏줄은 이어집니다. '피는 못 속인다.' 이 말입니다.

부침개의 가르침

모녀가 여행을 마치고 집으로 온다고 한다. 추적추적 비가 내린다. 이런 날은 부침개가 제격이다. 나는 무사 귀가하는 모녀를 반겨줄 요량으로 할머니의 솥뚜껑 부침개 맛은 아니더라도 내 생애 최고급 부침개를 구워주려고 두 주먹을 불끈 쥐었다. 내 손으로 부침개를 구워본 적이 언제였던가? 가물거렸다.

작품이 제대로 나오려나? 어쨌거나… 시장 봐온 싱싱한 식재료 한 박스를 싱크대 위에 올려놓고 가스레인지 앞에서 프라이팬을 뚫어지게 쳐다보다가 부침개와 씨름 한판을 거창하게 시작했다.

밀가루 반죽 물이 사방으로 튀고 썰어놓은 채소 소쿠리가 엎어지고 주방이 아수라장이 되어갔다. 맛있는 음식을 만들고 있으니까 간식 먹지 말고 홀쭉한 배 움켜쥐고 오라고 큰소리친 마당에 모녀의 귀가 시간은 촉박한데, 내가 무슨 날다람쥐 재주를 부린단 말인가? 식용유를 두른 열 받은 프라이팬이 연기를 내뿜었다. 마음만 바빴지 순서는 꽈배기였다. 부침개 반죽이 타일렀다.

"아따! 최고급 부침개를 망칠 셈이요? 내공 부족인 줄 모르시나요? 물과 밀가루와 채소와 해물의 황금 비율을 들어나 봤습니까? 세상일은 이론으로 풀리는 부분이 따로 있고 경험으로 풀리는 부분이 따로 있는 법이랍니다. 모녀가 오면 부침개 놀이를 함께 즐기심이 피차간에 더 따끈따끈할 텐데요. 억지 그만 부리시지요. 억지는 역류와 같아서 역류에는 아무나 오래 못 버팁니다. 손이랑 얼굴에 화상 입기 전에 국자 내려놓고 기다려 보시지요."

'딩동….'

집에 와서 주방을 본 모녀가 맥없이 웃었다. 싱겁게도 진짜배기 부침개를 내가 얻어먹었다. 최고급 부침개였다.

아빠의 그리움

공원길을 산책하다가 가로등 불빛에 생긋 웃고 있는 한 편의 시를 읽고 핸드폰에 저장했다. 집 떠나서 생활하는 딸에게 마음에와 닿는 시를 보내기 위해서이다. 경쟁 사회에서 남보다 뒤처지지 않으려고 제 딴에는 얼마나 힘들까?

불현듯 딸이 보고 싶어진다.

'그래, 그랬어. 불현듯이 아니라 늘 딸이 보고 싶고 그리웠었지. 그래 시골에 갔을 때도 개구리 울음소리를 같이 듣고 싶었지. 어제는 생선회 한 점 입에 넣고 씹는 순간에도 그리웠었지. 그래, 그러자! 이번 주말에 딸이 집에 오면 개구리 노랫소리도 들려주고 갯벌 체험도 시켜주자! 뜨겁게 사랑하기에 시리게 사랑하기에 아리게 사랑하기에.'

어미와 새끼

산후조리를 도우러 장모님이 오셨다. 아내는 갓 태어난 제 새끼가 예뻐서 엄마는 뒷전이다. 장모님이 웃으시며 한마디 툭 던졌다.

"네 새끼 예쁘지?"

"엄마는…."

"나도 너를 그리 키웠다."

잔병치레로 입원한 손자를 보러 장인어른이 오셨다. 아내는 제 새끼 걱정에 안절부절 아빠는 뒷전이다. 장인어른이 웃으시며 한마디 툭 던졌다.

"네 새끼 아프니까 가슴이 미어지지?"

"아빠는…."

"나도 너를 그리 키웠다."

새끼 낳아 길러 보면 안다, 부모가 나를 어찌 키웠는지를…, 내가 절로 큰 것이 아님을…, 하늘 같은 은혜에 고개가 절로 숙어짐을….

핸드폰

집에서건 밖에서건 대화의 단절로 자식이 커갈수록 소통은 어려웠다. 그런데 고맙게도 핸드폰 시대가 열리면서 반전이 있었다.

직접 대화가 안 되면 간접 대화로… 부모가 보낸 메시지를 자식이 안 볼 수야… 나는 3년간의 소통 작전에 들어갔다.

좋은 글, 그림, 시, 꽃, 자연 풍경 등을 말없이 보냈다. 그 사이사이에 칭찬과 격려를 아끼지 않았다. 꾸지람, 충고 따위는 접었다. 처음에는 시큰둥 별 반응 없던 자식에게서 소식이 오기 시작했다.

"이거, 괜찮은데요?"

"우와…"

"네, 아빠도 열심히…!"

"진짜 행복이 가까이 있었네요!"

소통의 일등 공신 핸드폰 덕에 자식과의 소통은 채 1년도 안 걸렸다. 소통의 문을 열어준 핸드폰아, 고맙다.

딸의 메시지

아빠! 살아 있다는 것이, 이렇게 건강하게 살아가고 있다는 것이 기적 같아요. 예전에는 내가 잘나고 똑똑해서 직장에서 인정받고 잘 다니는 것으로 착각하고 살았는데, 알고 보니 그게 아니라 세상 모든 일이 신의 섭리와 의식으로 이루어진다는 것을 느껴요.

태어나기만 했을 뿐인데 내게 주어진 선물이 너무 많다는 생각이 들어요. 이렇게 많은 걸 가지고도 또 바라는 욕심을 버려야겠어요. 실수로 누른 통화 버튼에 예고 없이 아빠와 통화하게 되고, 그 덕분에 행복한 하루를 열게 된 오늘처럼 인생은 어떻게 될지 모르니까 그저 행복한 생각만 하고 살아갈 거예요.

내 생각이 가지를 치고 깊이 뿌리 내릴 수 있도록 도와주는 아빠께 감사드려요, 아빠를 너무너무 사랑하는 딸이….

반려동물

아빠, 짱아 덕분에 지난 13년이 너무 행복했어요. 행복만 주고 간 짱아에게 배운 게 참 많은 것 같아요. 짱아의 죽음을 통해서 더 성숙해질 수 있는 우리 가족이 되어 갈 거예요.

사람도 아니고 강아지도 아닌 어떤 신비의 생명체가 집안에 살면서 사람 말을 알아듣고 가족과 교감하며 살았던 날들이 참으로 행복했어요.

짱아는 인생도 그리 길지 않다는 것을 알려주고 갔어요. 좁은 물길의 삶을 살아온 내 마음가짐을 큰 물길로 바꿔놓고 하늘나라로 떠난 짱아가 몹시 그리워요. 많이도 울었는데 눈물이 나네요.

아빠 덕분에 슬픈 일도 잘 견뎌낼 수 있었고요. 많이 당황했을 엄마를 지켜줘서 감사드려요. 앞으로는 가족과의 소중한 시간을 더 많이 가지며 행복을 채워가고 싶어요.

나눌수록 커질 사랑과 행복을요. 사랑해요, 아빠.

완전성

천장에 파리도 붙어 자던데…
태어났으니까…
정신 말짱할 때…
더 늦기 전에…
혼자 자는 외로움을 덜어내 보자.
뒤척이다 자는 날들을 털어내 보자.
한마디 나누고 자는 게 어딘데…
한 다리 걸치고 자는 게 어딘데…
갑자기 아프면 어떡하고…
평생 안 아프고 살 수 없는데….
잘난 나를 낮추고 주위를 둘러보자.
사심 없이 한마디 나누고
허물없이 한 다리 걸칠 수 있는
내 짝을 찾아보자.
존재의 완전성을 이루어보자.

시절 인연

야외에서 식사할 때의 3박자입니다. 물 좋고 그늘 좋고 반석 좋은 곳에서 밥을 먹기는 쉽지 않습니다. 한 끼니 때우기 위해 완벽한 곳을 찾다 보면 배가 먼저 고픕니다.

결혼도 이와 같습니다. 혼처를 너무 가리다가 배필을 놓치고 뒤늦게 후회하기 십상입니다. 까딱하다가 때는 이미 늦습니다. 메뚜기도 한 철, 고사리도 한 철입니다. 철 지난 결혼은 비즈니스가 되어 갑니다.

상대방이 대놓고 물어올 수도 있습니다.

"저기요! 죄송하지만 재산을 공개하시면 안 될까요?"

나이 들어갈수록 해놓은 거 없이 서글퍼집니다.

"저기요! 죄송하지만 그냥 가시면 안 될까요?"

'아, 화낼 수도 없고… 쩝, 쩝, 오늘도 혼자서 술잔을 빨아야 하나?'

아이구야, 처녀 옷 벗기고 아줌마 옷 입히기가 참으로 힘든 세상입니다.

소도 간다

말 가는 데 소도 갑니다.
맞습니다.
말 가는 데 소도 갑니다.
그런데
뭐라구요?
소 가는 데 말이 왜 가냐구요?
하…,
당신은 평생 말 가는 길만 가고
소 가는 길은 안 갈 줄 아시나 본데요,
분명한 건
소 가는 데 말도 간다는 겁니다.
너무 우겨대지 마시길….
너무 우쭐대지 마시길….

그러는 게 아닙니다

내가 먹기에 아까운 음식을 나누어 먹어야 하는데
먹고 남은 음식을 주려고요?

그러는 게 아닙니다.

맛있는 음식은 먼저 먹고 맛없는 음식을 주려고요?

그러는 게 아닙니다.

맛있는 고기는 먼저 먹고…
맛있는 과일은 먼저 먹고…
맛있는 생선은 먼저 먹고…

그러는 게 아닙니다.

오늘 욕심껏 내 배 채웠다고
내일도 욕심껏 내 배가 부를까요?
내일은 배 안 고플까요?

그러는게 아닙니다.

음식 끝에 치사해진다고요.
음식 끝에 속 상한다고요.
음식 끝에 정이 든다고요.

칠변화

칠면조는 알아도 칠변화를 알기는 처음이다. 꽃이 예뻐서 홀린 듯이 키웠다. 일 년에 여러 번 꽃을 피웠다. 꽃이 피면서 색깔의 화려함이 자주 변했다. 넋을 잃고 보았다.

꽃에서뿐 아니라 잎에서도 향기가 났다. 꽃말은 '나는 변하지 않는다.', '엄숙'이다. 양지 식물로 10월 말에는 실내로 옮겨 주는 것이 좋다. 세상 모든 동물은 털로 덮여서 제 몸으로 겨울을 나지만, 오직 사람만이 털 없는 맨살로 덜덜 떨리는 겨울을 옷 껴입고 거북하게 지내야 하는데, 그나마 이 추위에 칠변화의 싱그러움이 방안에 머물러 있어서 좋다. 찹찹하게 살면서 잎 푸른 싱싱한 생명체 하나 방안에 두고 즐겨 볼 일이다.

자신과의 약속

삶은 자신과의 약속입니다. 자신과의 약속을 지키며 살아갈 때 '인간 완성의 길'이 열립니다. 인간 완성은 복을 구하는 일에 있는 것이 아니라 복을 짓는 일에 토대를 두고 있습니다. 문명과 문화의 최종 목적지는 종교를 넘어선 인간 완성입니다. 따라서 인생의 최종 목표와 목적도 인간 완성의 영원불변한 행복입니다. 대자연의 순리 따라 바르게 사는 것이 나를 위하고 전체를 위한 일체의 삶입니다. 개체 없는 일체의 삶을 살 때 인간 완성의 문이 열립니다. 분명한 자신과의 약속은 인간 완성을 이루는 진리의 뿌리가 되어 갈 것입니다.

삶은 자신과의 약속이며 자신과의 약속은 인간 완성의 길이며 인간 완성은 신과의 약속인 진리로 영원히 사는 길입니다. 곧 자신과의 약속이 신과의 약속이며 살아 있는 유정의 향기입니다. 영원불변으로 살아 있는 사람의 향기입니다.

그리움

쉽사리 잠들지 못하는 밤입니다.

'움머~, 움머~.'

팔려가는 새끼가 그리운 어미 소가 마구간에서 밤새워 웁니다. 쌀겨에 호박 삶은 맛있는 여물을 주어도 먹지도 않고 젖이 불은 어미 소가 목이 쉬도록 울기만 합니다. 선한 어미 소의 커다란 눈에서 눈물이 뚝 떨어집니다.

'움메~, 움메~.'

송아지는 또 얼마나 어미를 잃어버리고 목이 쉬도록 울고 있을까요. 말 못하는 짐승도 그러한데 사람의 이별이 어떤 아픔인가를 느껴봅니다. 갑작스러운 생활의 변화 속에서 삶의 고단함을 버티며 생이별의 긴 세월을 그리움의 눈물로 살아야 하는 우리네 이웃의 슬픔이 가슴 저미도록 아파옵니다.

젖먹이를 두고 헤어져야 하는 산모의 눈물이 가슴을 적십니다. 아기의 첫걸음마를 지켜주지도 못하고 떠나는 엄마의 애잔함이 가슴을 적십니다. 엄마 꿈을 꾸다가 한밤중에 갑자기 일어선 아이가 컴컴한 방안의 벽을 더듬으며 엄마를 찾아 부르는 울음소리가 가슴을 적십니다. 아빠가 떠날 때 아이 손에 쥐여준 만 원짜리 한 장을 꼬깃꼬깃 만지작거리며 쓰지도 못하고 아빠 품에서 나온 돈이

라며 다시 만날 날의 아빠 품 안을 그리워하는 새끼의 애달픔이 가슴을 적십니다.

아빠와 잠시 만나고 헤어진 날부터 몇 날이나 생기를 잃은 모습으로 풀 죽어 지내며 마음 앓이 하는 아이의 눈동자가 가슴을 적십니다. 아이 생각에 뒤안에서 남몰래 흘리는 엄마의 눈물을 바람이 말려줍니다. 아이 생각에 옥상에서 남몰래 흘리는 아빠의 눈물을 바람이 거두어 갑니다. 달력에 친 아이 생일날의 동그라미가 찬 바람에 실려 갑니다.

하루해가 저물고 또 한 해가 저물어 갑니다. 새해, 새날에는 눈물의 그리움보다 웃음의 그리움이 더 진하게 우리네 이웃 곁으로 다가왔으면 좋겠습니다.

시간은 충분합니다

상대의 생각과 의도를 알아차리기도 전에 지레짐작의 성급한 판단으로 말을 꺼내서 실수하는 경우를 종종 봅니다. 상대의 말을 들어보지 않은 나의 성급한 판단이 오해를 불러오고 다툼의 불씨를 댕기기도 합니다. 나의 어설픈 판단이 말의 화살이 되어 상대를 쏘아붙였을 때 바른 대화는 끊어집니다.

음식– 먹어봐야 맛을 알지
물고기– 잡아봐야 크기를 알지
옷– 만져봐야 촉감을 알지
생각– 들어봐야 마음을 알지

일단, 먹어보고 잡아보고 만져보고 들어보고 나서 판단하고 결정해서 생각을 말할 시간은 얼마든지 충분합니다.

빈 바구니

인생을 끌고 가면 사는 게 힘이 듭니다.
인생을 안고 가면 사는 게 수월합니다.
내면의 소리에 귀를 기울여보세요.
있는 그대로 받아들여 보세요.
삶은 견디는 것이 아니고 누리는 것입니다.
무엇이 행복의 전부인가요?
인생길 가는 중에 행복이 널려있는데요.
멈칫거리면 머물지 않는 행복,
흘리지 말고 빨리 주워 담으세요.
나중에 후회하지 말고요.
지금 이 순간 인생 바구니에 행복을
담을 수 있는 현명한 당신이기를 응원합니다.

아버지와 갈치 꼬리

"보슬비가 소리도 없이 이별 슬픈 부산 정거장 잘 가세요. 잘 있어요. 눈물의 기적이 운다."

시골 장날 술 취한 아버지가 노끈에 묶은 눈알 빠진 갈치 꼬리를 마당에 질질 끌고 들어오면서 목청껏 부르던 노래입니다.

그 시절 어린 내 눈에는 질질 땅바닥에 끌려서 닳아가는 갈치 꼬리가 엄청 아까웠습니다. 첩첩 산골 아이가 자주 먹을 수도 없었던 납작하고 긴 생선은 그만큼 귀했고 신기했고 갈치구이, 갈치 무조림의 잊을 수 없는 맛은 최고였습니다.

고난의 시대를 불행하게 살다 가신 아버지, 일제 강점기에 조부님과 밥 먹던 놋그릇을 빼앗기고 그 빼앗긴 놋그릇과 무거운 쇠붙이를 200리 밖 간이역까지 노역에 동원되어 지게에 지고 쇄골이 쑤시도록 날라야 했던 아버지.

그 후에는 친형님과 함께 형제가 강제 징용에 끌려가서 시모노세키 해저 탄광에서 짐승 취급을 당하고 8·15해방이 되어 겨우 고국으로 돌아왔지만, 삭신에 생긴 골병과 진폐증으로 잠결에 숨을 껄떡 소리 내시던 아버지.

또, 그 후에는 6·25 동란으로 훤칠하고 명석했던 동생의 전사 통보서를 움켜쥐고 "인환아…, 인환아?" 땅을 치며 통곡하신 아버지.

인민군에게 살림살이의 큰 재산인 황소를 죽임당하고 대밭에서 눈물을 훔치시던 아버지.

가끔 속 썩이는 사춘기 두 아들에게 손찌검 대신 막걸리 한 사발 벌컥 들이키시고 호통치시던 한마디가 귀를 쟁쟁 울립니다.

"살아봐라, 이놈들아!"

이제는 아버지의 유언이 되어버린 그리움만 쌓이는 아픔입니다.

'아버지…, 아버지….'

도깨비

지난봄에 이웃해 사는 파행증 농부가 모친 장례 치를 돈이 없어 난감해하기에 그 효성을 익히 알고 감동받아온 내가 200만 원을 그냥 주었다.

그걸 본 옆집 노인 말이 "택도 없는 짓을 한다."

막노동자로 사는 나를 알고 하는 소리였다. 큰돈은 없지만 그 노인이 천 원짜리 쓰고 살 때 그래도 나는 만 원짜리는 쓰고 살았다. 그 노인은 돈 쓰는 법을 모르고 돈의 가치를 알고 쓸 줄도 모른다.

그렇게 그냥저냥 살던 노인이 올가을에 세상을 떴다. 웃기는 건 초상집 상주인 그 노인의 큰아들이다. 조문객의 부조금이 들어오면 행여나 형제에게 빼앗길세라 자신의 어린 아들을 시켜서 때를 봐가며 줄곧 봉투를 빼돌리는 거다. 조상에게 무엇을 보고 배워 무슨 심보로 세상을 사는지, 또 그 어린 아들은 무엇을 보고 배워서 어떤 심보로 이 세상을 돌아다닐지 탄식이 절로 나오다가 말문이 막혀버린다.

휴~, 세상을 어찌하자는 건가? 헛것을 본 건가? 오늘은 내 눈이 도깨비를 보고 말았구나.

산중 여걸

젊은 날에 혼자서 간 산행이었다. 구름 속에 갇혀 한 치 앞을 내다보기 어려운 하산 길에서 어설피 미끄러져 발목을 접질렸을 때 그녀를 만난 건 행운이었다.

그다지 긴 시간이 흐른 것도 아닌데 공포의 시간이 시작되려는 찰나에 구름 속에서 홀연히 나타난 그녀. 지리산 정상을 수십 번 오르고도 죽을 나이보다 더 많이 정상을 오르고 싶어 하는 여자. 상체는 호리호리한 데 반해 하체는 산타기로 단련된 근육질의 단단한 여자. 틀에 박힌 생활에 앉아서 일하는 직업이 도무지 적성에도 안 맞고, 체질에도 엇박자 난다는 여자. 삔 발목쯤이야 콧방귀로도 치료한다는 한의사, 미혼의 쌈박한 약초 연구가. 삶을 즐길 줄 제대로 알고 사는 환한 얼굴의 여자. 침 한 방으로 삔 발목의 통증을 단박에 날려버린 여자. 멋쟁이 산중 여걸.

그녀가 바위에 걸터앉아서 산을 이야기했다. 급변하는 고산기후의 산행에서 길을 잃고 산속을 헤맬 때는 무조건 산 위로 올라가야 한단다. 올라가야 범위가 좁아져서 찾는 산길이 쉽게 보이고, 시야가 트이고, 방향이 잡히고, 구조되기도 쉽단다. 무턱대고 산 아래로만 내려가면 개고생한단다. 갑자기 억수라도 퍼붓고 폭설이라도 내리면 산세 험한 깊은 골에서 목숨을 감당 못 할 위험에 처할 수도 있단다. 대피소의 깃발이 왜 산 위쪽에 있는지를 명심해 두란다. 산을 우러러보아야지 깔보았다가는 한번은 크게 식겁하거나 몸을 다치기에 십상이란다. 사람은 산을 정복하는 게 아니라 사람이 산에 동화되는 거란다. 산중 여걸은 약초를 찾아 골골이 헤집고 다니면서 별일을 다 겪었단다. 인적이 끊긴 산속에서 사람이 홀로 죽은 지 몇 년이 흘렀는지, 해골이 삭은 옷을 입고 있더란다. 뱀한테 물렸는지 어째서 죽었는지 모르기에 관청에 신고부터 했단다. 뼈 이야기를 하니까 생각나는 약재가 하나 있단다. 심산유곡에서 소나무를 타고 올라가며 큰 담쟁이 넝쿨을 '송담'이 라고 하는데, 소나무 양분을 빨아먹은 약재라서 뼈에 좋단다.

수년 전 일이란다. 해거름에 급하게 하산하다 벌어진 당황스러운 사건이란다. 뭘 잡아먹었는지 불룩한 배에 어른 팔뚝만 한 뱀이 산길을 가로막고 쉭쉭거리더란다. 소름이 돋고 머리털이 쭈뼛 서는 게 섬뜩하니, 꼼짝없이 걸음이 얼어붙더란다. 순간 들고 있던 죽창으로 풀섶을 내리치면서 고함을 질렀단다.

"비켜라, 퍼뜩!"

놈이 꿈쩍하지를 않더란다.

"만물의 영장인 사람이 지나가는 길이다. 썩 물러서라!"

그래도 그놈은 대가리를 흔들거리며 혀만 낼름거리더란다. "이 자리에서 맞아 죽고 싶은 거냐? 너는 내 상대가 아니다. 숲으로 가거라, 어서…!"

기를 모아 강렬한 눈빛으로 놈을 쏘아보며 으름장을 놓았단다.

그제야 누르스름하고 거무튀튀한 그놈이 스르르 똬리를 풀고 숲으로 사라지더란다. 그때 생전 처음으로 사람의 기를 체득했단다. 구름이 걷혀가는 하산 길에서 산중 여걸이 한 곳을 가리켰다. 저것이 칼바위란다. 칼바위 위쪽에는 산새들만의 비밀 옹달샘이 있고, 그 아래쪽에는 인간들의 옹달샘이 있단다. 산은 인간과 짐승과 식물을 가리지 않고 너른 품으로 다 같이 먹여 살린단다. 자주 산에 들다 보면 산의 위대함이 무엇인지를 경건하게 느낄 수밖에 없단다. 늘 산에 감사드린단다.

산에서 내려온 산중 여걸이 버들치가 바위틈으로 숨어든 맑은 물에 땀을 씻으며 등산객들에게 부탁하고 싶다는 말을 꺼냈다. 약초를 달여 마시는 보약은 하약이지만, 산 공기를 들여 마시는 보약은 상약이란다. 보약 덩어리인 산에 와서 자연 보약 마시고 갈 때는 산에 머리 숙여 감사드리고, 발자국만 남기고 가란다. 추억만 가져가지 말고 빈껍데기도 가져가란다. 음식물 빈 껍데기에 더러운 추억을 남겨두지 말고, 깨끗한 추억을 상쾌한 자연 보약에 섞어가란다. '자연'이란 말 그대로, '스스로 있을' 산이게 하란다. 간곡히 부탁드리고 싶단다.

공

빌려서 태어났네요.

빌려서 쓰네요.

세상에 내 것이 어디 있나요?

하나라도 더 가지려는 게 삶인가요?

소유를 통해 삶을 완성하려고요.

죽을 때 뭉뚱그려 가지고 가려고요.

그런 일 없을걸요.

잘 알잖아요.

배내옷에 주머니가 없고

수의에도 주머니가 없다는 걸요.

웃으며 사세요.

그냥요.

그냥….

문

사람의 가치가 겉모습에 있나요?
가지려는 걸 놓친들 어떤가요?
뭐 그리 크게 손해 보는 삶이라고요.
대문이 닫혀도 옆문을 열고 보면
큰길은 보이는 걸요.
뒷문 쪽문을 열어도
웃으며 갈 길은 보이는 걸요.
엉켜진 삶에 심기가 영 불편하면
돌아서서 허공으로 방귀나 한 방 날려요.
얄궂은 일들 다 모아서 한 방에
시원하게 뿡 날려버려요.
다시 돌아서면 갈 길은 보이고
또 다른 큰길도 보일 테니까요.
그 길에도 행복이 머물 테니까요.

열린 마음

삶은 여행길입니다.
사랑의 이정표 따라가는 길입니다.

삶은 수행길입니다.
사랑이 품은 향기 찾아가는 길입니다.

삶은 순례길입니다.
사랑으로 깨달음 열어가는 길입니다.

별거 없어

태어나고 싶어 나온 것도 아닌 걸요. 덤으로 사는 인생, 횡재 맞은 날들인 걸요. 지금 이대로도 충분히 행복한 걸요. 속상해서 몸 상할 일들일랑 물거품 사그라지듯 가만둬요. 죽고 싶도록 괴로워 아린 순간들도 시간이 지나면 잦아드니까요. 쓴웃음의 희미한 기억들을 지워가며 세월 따라 사는 게 세상살이니까요.

누구나 손수건 한, 두 장은 다 적시고 살아가고 누구나 소설책 한, 두 권은 다 쓸 사연 안고 사니까요. 사는 게 뭐 별건가요? 사는 데 뭐 별거 있던가요? 서 있는 이 순간만으로도 행복한 걸요. 한걸음 내딛는 이 순간만으로도 행복인걸요.

놀이

삶에는 두 가지가 있습니다.

하나는 수단인 일거리이고

하나는 목적인 행복입니다.

사람이 살아가는 목표인 행복 추구에는 반드시 일거리가 있어야 합니다. 그리고 그 일거리는 좋아하는 놀이가 되어야 합니다. 월급에 지루한 시간을 때우고 월수입에 속 보이는 장사라면 그 일은 이미 죽은 놀이입니다.

일거리가 놀이가 될 때 삶은 행복합니다. 왜냐하면 행복한 삶 대부분이 일거리의 놀이 속에 자리매김하기 때문입니다. 어떤 놀이의 일거리를 갖느냐가 중요합니다. 소질에 맞는지 안목으로 심사숙고할 일입니다. 타인의 놀이에 현혹되거나 비교되지 말아야 합니다. 남과의 비교는 내 불행의 지름길입니다.

일은 내 삶의 놀이입니다. 행복을 찾는 놀이입니다. 일거리가 묻고 있습니다. 주인님, 지금 제대로 놀고 있습니까?

온 기

그 어떤 환경에서 태어나 살더라고 그 어떤 환경의 변화 속에서 살지라도 태어난 환경과 변화된 환경을 탓하고 원망할 하등의 필요도 없습니다. 비관과 부정은 삶의 순간순간 엄청난 지출이고 손해이며 낙관과 긍정은 당연한 수입이고 이익이기 때문입니다.

항상 좋은 쪽으로 생각하고 행복한 쪽을 선택한다면 점점 지출은 줄고 손해는 적어지고 수입은 늘고 이익은 커질 것입니다. 삶이 다 그렇듯이 수익이 나고 이익이 있어야 온기 속에서 웃을 거 아닙니까?

온기 속에서 꽃이 피듯 사람의 향기도 온기 속에서 사르르 피어납니다. 온기를 피워올려야 할 시간입니다. 냉기를 밀어내고 온기를 맞이할 훈풍의 시간입니다.

사 랑

사랑은
자신의 존재를 알아가는 꽃 뿌리입니다.

사랑은
완전한 존재로 살기 위한 꽃잎입니다.

사랑은
영원한 존재로 살아 있는 꽃씨입니다.

기적을 보며

지난겨울에는 앙상한 나뭇가지였는데
새잎이 돋아나서 그늘을 드리웁니다.

지난겨울에는 없었던 나뭇가지였는데
가지가 생겨나서 굵어져 갑니다.

지난겨울에는 덤덤한 나뭇가지였는데
꽃잎을 피우더니 열매를 맺어갑니다.

봄이면 나무는 기적을 보여줍니다.
우리는 기적 속에서 살아갑니다.

아무리 외로워도…
아무리 허허로워도…
기적을 보며 산다는 것은 축복입니다.
기적을 느끼며 산다는 것은 영광입니다.

무탈

잘 먹지 못해도 비정상으로 변해가네요.
먹을 때는 굶은 듯이 맛있게 먹어요.

잘 자지 못해도 비정상으로 돌아가네요.
잠잘 때는 죽은 듯이 편하게 자요.

잘 놀지 못해도 비정상으로 틀어지네요.
놀 때는 미친 듯이 신나게 놀아요.

잘 먹고 잘 자고 잘 놀다 보면
모든 것이 정상으로 흘러가네요.
하루하루 무탈하게 살아간다는 것이
얼마나 큰 행복인지를 알면서도 무심히 흘려버리니까요.

마음에 미움을 비워내고

그를 미워하면 미워할수록
나의 괴로움은 커집니다.
체한 듯 얹힌 듯 멍울진 가슴 안고
살아가야 합니다.

용서는 미운 그가 아니라 그를 위함이 아니라
환하게 살기 위한 내가 건너가야 할
나의 삶에 놓인 나를 위한 미소 띤
징검다리입니다.
징검다리가 어서 오라고 손짓을 합니다.

– 평상심, 여기 있어요 –

터 널

육지가 보이는 하늘 수박 터널에
소망과 희망이 주렁주렁 열렸습니다.

바다가 보이는 조롱박 터널에
꿈과 사랑이 조롱조롱 열렸습니다.

수평선 너머에서 달려오고
지평선 너머에서 달려온

터널 끝에서 파란 하늘이
우리를 기다리고 있습니다.

그런데도 기다림에 지쳐서
돌아서는 우리입니다.

오곡백과가 기다림 속에서
싱그러운 향기를 품듯이

기다림이 삶의 향기임을
우리는 알고 있는 데도 말입니다.

마음 주인

누가 수틀린 말을 하면 속으로 그래요.
'그건 네 생각이고 내 생각이 아니야.'
'내 생각도 아닌 네 생각에 화낼 필요 뭐 있어?'
넌 객이야.
객이 던진 말에 마음 주인이 왜 흔들려?
내 마음의 주인은 나야 나.
"일없어." 그러면서 웃고 마세요.
그러고 나면 마음이 참 편해지거든요.
본래의 심연으로 돌아가니까요.

귀한 존재의 일깨움

그녀와 섬 둘레길을 걸었습니다. 길가에 야생화가 드문드문 피어 있었습니다. 허리를 굽혀 꽃 한 송이를 나지막이 바라보던 그녀가 이 꽃 저 꽃들에게도 한동안 눈길을 주더니 살며시 허리를 세우며 말했습니다.

"꽃들이 예뻐도 너무 예쁘게 피어났네요.

이 꽃 저 꽃들이 자기네들한테는 눈길 안 준다고 울 것 같아 보이는 걸요."

해풍이 내 뒤통수를 후려치는 듯했다. 마음으로 본다는 것, 본질적인 것은 눈에 보이지 않는다는 것. 그랬다. 살아 있는 것은 다 귀한 존재임을 그녀가 일깨워주었다.

빵 점

곰곰이 생각해보세요. 나도 내가 맘에 안 들 때가 많은데 어느 누가 내 맘에 쏙 들겠어요. 100점짜리 시험지는 있어도 100점짜리 사람은 없잖아요. "맘에 안 들어." 생각의 마음을 비틀지 마세요. 내 눈에 거슬리는 모든 것이 내 안에도 있으니까요. 아는 얼굴 외면하고 지나치는 순간보다 더한 외로움이 덮치면 어찌 감당하고 살아갈 수 있을까요?

"안녕하세요?"

나 먼저….

어디에

어릴 적에 할아버지가 버럭거리면
할머니는 당신 가슴팍을 툭툭 치며 말했다.
"아이고, 저 인간!
내가 없어야 살지!
내가 없어야 편하지."

뭐, 죽는다는 말인가?
그때는 무슨 말뜻인지 몰랐다.
이제는 좀 알 것도 같다.

내가 없어야 세상에 살고
내가 없어야 세상 편하다는 걸.

오늘도 나에게 물어본다.
너는 있냐?
어디에?

철들기

철이 들 것인가?
철이 안 들 것인가?

철 들어 살 것인가?
철 들자 죽을 것인가?

이 순간에 날을 세우는가?
이 순간에 날을 눕히는가?

숟가락에게 쉼 없이 물어보고
젓가락으로 쉼 없이 허물 벗긴다.
상념체 벗어날 때까지.
내 마음 비울 때까지.

애환 속에서

"네가 내 속을 알랴, 내가 네 속을 알랴?"
누가 속속들이 알기나 할까요?
길거리에서 스치는 행인들 모두다
애환을 삭여내며 걸어가고 있다는 것을요.
또 그렇게 살아가고 있는 것을요.
살다 보면 행복할 테니까요.
행복해서 춤출 날도 있을 테니까요.
행복해서 뒹구는 날도 있을 테니까요.

그 사람

사람은 가고 책만 남았네.
책 한 권 사주었다고
좋아하던 그 사람.

사람은 가고 옷만 남았네.
옷 한 벌 사주었다고
좋아하던 그 사람.

사람은 가고 빈 그릇만 남았네.
밥 한술 사주었다고
좋아하던 그 사람.

곁에 있을 때는 몰랐네.
사랑한다는 말이라도 실컷 할 것을
바보처럼….

다른 것은 잘도 이겨내더니만
그깟 병 하나 못 이기고…

그리워서 미워라.

앞서간 그 사람.

갯벌

갯벌의 하루가 한가롭습니다.
마른 등을 드러낸 게들이 오후를 즐깁니다.
밀물에 저녁노을이 집니다.
달빛에 출렁이는 밤바다가 황홀합니다.
썰물에 먼동이 틉니다.
아침 햇살이 포근하게 손을 내밉니다.
누구라도 갯벌 앞에 서면 평화롭습니다.
누구라도 갯벌 앞에 서면 자유롭습니다.
갯벌은 바다를, 바다는 하늘을,
하늘은 당신을 손잡고 있기 때문입니다.
하나이기 때문입니다.

몽 돌

바닷가에서 몽돌 하나 주워서
쓰다듬어 봅니다.
"매끄럽다."
"예쁘다."

모난 돌멩이가 파도에 얼마나
부대끼고 쓸리고 씻겨야
동글 맹글 몽돌이 될까요?
아, 모난 내 마음도 몽돌이고 싶습니다.

빛

사람이 오는 길은 사랑의 길이기에
들숨으로 사랑을 채워갑니다.

사람이 가는 길은 용서의 길이기에
날숨으로 용서를 비워 갑니다.

사랑의 빛으로 세상을 밝혀 갑니다.
용서의 빛으로 세상을 밝혀 갑니다.

본 성

흰머리가 저절로 납니다.
내 맘대로 어찌 못하겠습니다.

이가 또 빠집니다.
내 물건이 아닌 것 같습니다.

주름이 자꾸 생깁니다.
눈이 자꾸 침침해집니다.

내 것이 아닌 것 같습니다.
내 것이 없는 것 같습니다.

진정한 내 것은 육신이 아닙니다.
본래 주인은 마음입니다.
마음은 늙지 않고 그대로입니다.
본래 주인은 본성입니다.
보고 듣는 것은 진짜 주인이 아닙니다.
말없이 가슴으로 보아야 합니다.
그대 자신이 되어야 합니다.

삶

천재지변이 아니라도 전쟁통 속이 아니라도
먹고 산다는 것이…
먹고 살아가야 한다는 것이…
먹고 살아남아야 한다는 것이…
힘이 듭니다.

그럴 때는 산을 보세요.
한겨울에 나무가 춥다고 불평불만 하던가요?
한여름에 풀잎이 덥다고 호들갑을 떨던가요?
살아 있으므로 그저 묵묵히 삶을 감내할 뿐
산다는 것이 외롭고 아픔임을
그들도 다 알고 있습니다.

마음자리

　순수 허공에서 온 줄도 모르게 이 땅에 와서 죄짓고 살아가는 인간 세상입니다. 인간의 법도를 알 리 없는 짐승인 개도 먹이를 두고 주인을 배신하지 않거니와 인간의 밥상이 개 코앞에 있어도 냄새에 입맛을 다시고 쳐다만 볼 뿐인데 인간은 먹이라고 단정 지은 작은 이익을 두고 많이 주어도 도리어 큰소리치고 배신하기 일쑤입니다.

　"내일이 궁금하면 오늘을 돌아보라. 내일이 궁금하면 오늘 나를 돌아보라."

　경전 한 구절을 읊조리다 빈 마음을 허공에 둡니다. 인간 세상 너머의 순수 허공에 마음이 자리합니다. 칼날 위에서 춤추는 인간 세상 너머의 순수 허공으로 가야 할 광속의 지금입니다. 행복하십시오.

텅 빈 나

텅 비어 가볍고 자유로운 세상은 가만히 그대로인데
내가 굴절 변화된 자리바꿈으로 살고 있기에
촐싹대고 팔랑댑니다.
오늘 내가 만난 사람들과 내게 일어난 일들은
오차 없는 우주의 순리에 따름입니다.
내가 어떤 마음가짐으로 땅 딛고 일하며
내가 오늘 만나는 분들에게 어떤 위안이
되어야 하는지를 정화할 지금입니다.

나오는 글

잠시 우리가 만났습니다.

슬픔도 기쁨도 함께했습니다.

달리는 세월은 한번 뒤돌아볼 줄을 모릅니다.

세월이 뒤돌아볼 때면 이미 우리의 시간은

끝이 납니다.

사랑할 시간도 없는데 미워할 시간이

어디 있습니까?

우주는 사랑으로 가득 차고,

사랑 가득 찬 우주에 사람의 향기가

머물고 있습니다.

내 곁에…

그대 곁에…

우리 곁에…

행복나눔의 지렛대가 되어 책을 출간해 주신
생각나눔 출판사 가족에게 심심한 감사를 드립니다.

하늘이 준 휴가

펴 낸 날 2022년 5월 6일

지 은 이 노위상
펴 낸 이 이기성
편집팀장 이윤숙
기획편집 이지희, 윤가영, 서해주
표지디자인 이지희
책임마케팅 강보현, 김성욱
펴 낸 곳 도서출판 생각나눔
출판등록 제 2018-000288호
주   소 서울 잔다리로7안길 22, 태성빌딩 3층
전   화 02-325-5100
팩   스 02-325-5101
홈페이지 www.생각나눔.kr
이 메 일 bookmain@think-book.com

• 책값은 표지 뒷면에 표기되어 있습니다.
 ISBN 979-11-7048-403-5 (03810)